Manfred Hirschleb

Späte Rache

Krimi

Copyright: © 2017 Manfred Hirschleb
Lektorat: Erik Kinting – www.buchlektorat.net
Satz & Umschlag: Erik Kinting
Titelbild: © Zeferli (fotolia.com)

Erschienen bei tradition GmbH, Hamburg

Bibliografische Information der Deutschen Nationalbibliothek:
Die Deutsche Nationalbibliothek verzeichnet diese Pu-
blikation in der Deutschen Nationalbibliografie; detail-
lierte bibliografische Daten sind im Internet über
http://dnb.d-nb.de abrufbar.

1

Als die Lkws vor dem Haus Halt machten, Soldaten heruntersprangen und die Kommandos der Offiziere bis zu ihnen hinauf zu hören waren, wussten sie: es war soweit ... Das Getrampel der Stiefel im Treppenhaus drang bis ins Wohnzimmer.

Die Familie Nipkow hatte sich am großen Wohnzimmertisch versammelt: Vater und Mutter, Max, Erwin, Heda, Britta und der kleine Leo. Das war der Moment, vor dem sie sich alle seit Tagen gefürchtet hatten. Sie hielten sich krampfhaft an den Händen und beteten gemeinsam. In ihren Augen stand die nackte Angst. Die Gesichter der Kinder waren tränenverschmiert, nur hier und da unterbrach ein Schluchzen die Stille. Sie wussten, was gleich passieren würde. Seit Tagen trieb man die Menschen auf die Straßen, verfrachtete sie in Lkws und niemand wusste, wohin man sie brachte, denn niemand kehrte je zurück. Man munkelte von Erschießungen.

Edmund Nipkow entstammte einem alten kaschubischen Adelsgeschlecht und war tief gläubig.

Er wusste, dass jede Gesellschaft Gesetze brauchte und Organe, die für deren Einhaltung sorgten, andernfalls würde Anarchie ausbrechen. Er war Richter und hatte sein ganzes Leben damit verbracht, nach diesen Gesetzen zu urteilen. Aber die göttlichen Gesetze galten nicht für jedermann, auch nicht die Gesetze einer zivilisierten Gesellschaft. Die Nationalsozialisten hatten eigene …

Seit die *Schleswig-Holstein* ihr mörderisches Kanonenfeuer auf das polnische Munitionsdepot auf der Westerplatte eröffnet und zeitgleich die SS-Heimwehr von Danzig sowie Polizeitruppen das Gebäude der polnischen Post gestürmt hatten, befand sich Deutschland offiziell mit Polen im Krieg. Der Zweite Weltkrieg hatte begonnen …

Gewehrkolben hämmern an die Tür und der Befehl zu öffnen ließ keinen Zweifel am Vorhaben der Männer zu. Bevor Vater Nipkow aufstehen und öffnen konnte, krachte die Tür mit Wucht an die Wand. Es gab Scherben im Flur. Schwarzuniformierte stürmten die Wohnung, Runen und Totenkopf auf den Kragenspiegeln, ein Totenkopf vorn an der Schirmmütze: Es war die SS. Dahinter erschienen zwei Gestalten in langen, schwarzen Ledermänteln mit Schlapphüten: Gestapo.

Die Befehle überschlugen sich fast, als wolle einer den anderen übertönen. Wie Vieh trieb man die Familie durchs Treppenhaus, hinunter auf die Straße. Mitnehmen durften sie nur, was sie auf dem Leibe trugen. Völlig verängstig und in Tränen aufgelöst, hielten sie sich verzweifelt an den Händen. Der kleine Leo klammerte sich an seine Mutter, während Tränen sein Gesicht hinunterliefen. Er versuchte, sich die Rotznase am Ärmel abzuwischen, und wäre fast gestolpert, doch seine Mutter hielt ihn eisern fest und verhinderte, dass er stürzte.

Ungefähr 35 Menschen hatten sie auf der Straße zusammengetrieben. Edmund Lipkow kannte viele von ihnen: den Bürgermeister, den Pfarrer ihrer Gemeinde und den Lehrer der hiesigen Schule, die auch seine Kinder besucht hatten. Alle hatten sie Angehörige dabei – Großeltern, Eltern und Kinder. Als Kaschuben und Nicht-Arier waren sie den Nazis schon lange ein Dorn im Auge. Erst mit der Einnahme der Westerplatte hatten die von der Kette gelassenen *Herrenmenschen* mit ihren lange vorher geplanten Säuberungsaktionen begonnen.

»Aufsitzen!«, wurde gebrüllt. »Ein bisschen plötzlich!« Mit Gewehrstößen wurde nachgeholfen. Wer hinfiel wurde geschlagen, bis er wieder aufstand. Die unmenschliche Brutalität, die dabei an den Tag gelegt wurde, war unbegreiflich. Alle waren sie unbescholtenen Bürger dieser Stadt, doch einige von ihnen waren nicht arischer Abstammung – das war alles.

Das Kommando vom *SS-Wachsturmbann Eimann* und dem *Volksdeutschen Selbstschutz* verfrachteten die Menschen unter Schlägen auf die Laster. Zusammengepfercht wie Schafe standen sie schließlich auf den Ladeflächen. Reden war verboten.

Die Fahrt ging stadtauswärts und endete schließlich im Wald von Piasnica. Wieder ertönten laute Kommandos, damit sie abstiegen. Im Laufschritt trieb man sie durch den Wald zu der ausgehobenen Grube, an deren Rand sie sich aufstellen mussten. Niemand blickte auf die bereits darin liegenden Leichen, auf die man Kalk geschüttet hatte.

Gelegentlich vernahm man hämisches Lachen oder Schimpfworte wie *Polenschweine, Geschmeiß, Schmarotzer, Abschaum* oder Ähnliches, andere fotografierten, um ein Erinnerungsfoto zu haben. Dem Erschießungskommando jedoch ging das alles zu langsam, schließlich war das erst der Anfang …

SS-Obersturmbannführer Eimann ließ es sich nicht nehmen, mit gutem Beispiel voranzugehen, um sich als Vorbild für sein Kommando zu zeigen. Mit seiner Pistole erschoss er den Ersten in der Reihe. Es war Edmund Nipkow, der rücklings in die Grube stürzte. Zufrieden trat Eimann zurück, dann hob er den Arm.

Leo stand neben seiner Mutter und seinen Geschwistern. Sie hielten die Hände hinter den Köpfen verschränkt. Außer leisen Gebeten und dem Schluchzen der Kinder hörte man nichts von ihnen. Leo heulte und hatte sich vor Angst eingenässt. »Feuer …!«, war das Letzte, das sie vernahmen, als Eimann den Befehl gab. Leo, den seine Mutter an der Hand gepackt hielt, als die Kugel ihren Kopf zerfetzte, wurde mit in die Grube gerissen; dann fiel etwas Schweres auf ihn und presste ihm die Luft aus den Lungen. Er verlor das Bewusstsein.

Tage später, als sich die Grube mit Leichen gefüllt hatte, mussten polnische Kriegsgefangene aus dem nahegelegenen KZ *Stutthof* die Massengräber zuscharren, um anschließend selbst exekutiert zu werden.

Der eingesetzte Gauleiter Albert Forster hatte sich schon lange zum Ziel gesetzt, seine Gau als *juden- und polenfrei* nach Berlin melden zu können. Sein williger Helfer Ludolf-Herrmann von Alvensleben, Leiter des *Deutschen Volksschutzes* und von November 1938 bis Januar 1941 Adjutant des Reichsführers-SS Heinrich Himmler, hatte bereits vor Kriegsbeginn Listen mit Namen von kaschubischen und polnischen Intellektuellen erstellt und an die SS und Gestapo weitergeleitet.

Die Massaker im Wald von Piasnica gingen bis Dezember unvermindert weiter …

2

Seit Stunden schon haderte Harry mit dem kleinen Aktenstapel, der vor ihm auf dem Schreibtisch lag. Immer wieder stocherte er darin herum und konnte sich nicht entscheiden, wo er zuerst beginnen sollte. Ständig schweiften seine Gedanken zum letzten Fall ab: Nicole von Tesmer – eine Schönheit, die er beim Onlinedating im Internet kennengelernt hatte – kostete ihm beinahe das Leben. Dass er es noch hatte, verdankte er seinen beiden Mitarbeitern Paul und Miriam, die herausgefunden hatten, dass sie die gesuchte Giftmörderin war und sie in letzter Sekunde erschossen. Nur ungern dachte Harry daran zurück. Es war eine der schrecklichsten Erfahrungen in seinem bisherigen Leben und hatte ihn in ein emotionales Tief gestürzt. Seither versuchte er immer öfter, diesen Albtraum in Alkohol zu ertränken.

Im Präsidium des LKA in der Keithstraße in Berlin herrschte rege Betriebsamkeit, nur nicht im Sonderdezernat zur Aufklärung ungelöster Mordfälle. Dort ging es recht gemächlich zu. Im Büro am Ende des Ganges im zweiten Stock residierte Harry mit seinem Team. Hier wurden ungeklärte Mordfälle der letzten Jahrzehnte aufgearbeitet. Ein neu entwickeltes Computerprogramm des BKA Wiesbaden war allen LKAs zur Verfügung gestellt worden. Es erfasste landesweit alle ungelösten Mordfälle, sortierte die Ermittlungsergebnisse wie Tatorte, Tathergänge, Tatwaffen, nähere Umstände, Obduktionsberichte et cetera und stellte Zusammenhänge her; zog Vergleiche und brachte so neue Erkenntnisse. So etwas hatte es noch nicht gegeben. Dank dieses Programms war es Miriam gelungen, Nicole von Tesmer zu enttarnen.

»Bist du wieder am Träumen, Chef?« Miriam blinzelte von ihrem Schreibtisch zu Harry rüber und grinste. In letzter Zeit musste man ihn des Öfteren aufmuntern. Ihr selbst ging es auch nicht besonders. Sie hatte einen Menschen getötet. Freilich, es war irgendwie Notwehr, sonst wäre Harry heute womöglich tot. Trotzdem ging ihr die Szene nicht aus dem Kopf. Immer wieder sah sie Nicole Tesmer mit der Gabel, mit der sie Harry ein Stück vergifteten Kuchen in den Mund schieben wollte. Miriam wollte die Frau nicht töten, aber in dem Moment sah sie keine andere Möglichkeit. Wieder und wieder ging sie in ihren Träumen das Geschehene durch. Manchmal wachte sie schreiend auf. Sie war bereits als junge Anwärterin im Polizeidienst mit einer Wirklichkeit konfrontiert worden, die sie sich so nicht vorgestellt hatte. Bis dahin war sie nur im Innendienst gewesen.

Wenn es Miriam besonders schlecht ging, nahm Paul sie in die Arme und tröstete sie. Er hatte schon viele Jahre mit Harry gegen das organisierte Verbrechen zusammengearbeitet und besaß Erfahrung. Für sie war das hilfreich. Es gelang ihm immer, sie wieder zurückzuholen. Aber der Schrecken dieses Erlebnisses saß tief.

»Okay, okay, bin wieder da, Miriam. War nur kurz abgelenkt. Aber jetzt ist's gut. Danke!« Beschämt beugte er sich über die vor ihm liegende Akte, die er gerade geistesabwesend aus dem Stapel gezogen hatte. Um sich etwas abzulenken und den Kopf für Neues freizubekommen, rief er zu Paul rüber: »Wie sieht's bei dir aus? Gibt's was Neues?«

»Nein, ich sichte ein paar Akten, ob etwas für unser neues Superprogramm dabei ist. Ich glaube, Miriam braucht ein bisschen Abwechslung, sonst rostet sie uns noch ein.« Er brachte mühsam ein Grinsen zustande.

»Du nun wieder, Rotschopf! Glaubst du, ich dreh hier nur Däumchen, oder was?«, motzte sie halbherzig zurück. Ihr Augenzwinkern sah Harry nicht. »Außerdem kannst du das Fenster wieder zumachen. Ich frier mir hier einen ab, verdammt!«

»Typisch Frau! Ständig frieren sie …« *Außer …* Er dachte an die heißen Nächte, die er bereits mit Miriam verbracht hatte. Bei dem Gedanken grinste er unwillkürlich.

Miriams erhobener Zeigefinger ließ ihn wieder auf seinen Bildschirm blicken. Unglaublich – wie hatte sie das nur erraten?

»Mir wird auch langsam kalt. Hab' kein Bock, mir was einzuhandeln«, grummelte Harry. »Hat mal jemand ein Tempo für mich? Ich glaub, ich muss … haaa… haaaaa…«, simulierte er einen Nieser.

Paul sprang auf und machte das Fenster zu.

»Grad noch mal gut gegangen«, brummte Harry. Dann musste er allerdings tatsächlich niesen.

Die beiden anderen prusteten los. Es war wie eine Befreiung von dem psychischen Druck, der die letzten Wochen auf ihnen gelastet hatte.

»Dann wollen wir mal sehen, was wir so haben«, meinte Harry. »Das Verbrechen schläft nicht.« Er warf angestrengt einen genauen Blick auf die Akte vor ihm: *Ernst Hartwig, geb. 04. März 1916 in Braunschweig* stand auf dem Deckel.

Er schlug die Akte auf und blätterte lustlos darin herum. Was ihn nach wenigen Minuten stutzig werden ließ, waren der Tatort und die Umstände:

Der Mann wurde am 25. August 1973 mitten am Tag auf einer Bank im Lehne-Park in Berlin erschossen. Laut der verwendeten Munition und den ballistischen Daten wurde er mit einer Militärpistole *P08 Luger* erschossen. In der Jackentasche fand man einen Zettel, auf den mit Filzstift ein großes *P* gemalt war. – Das war mal etwas ganz Neues. Wie elektrisiert begann Harry weiterzublättern.

Die Berichte der Ermittler waren dürftig. Lediglich der Wohnsitz und die zuletzt ausgeübte Tätigkeit des Opfers konnte in Erfahrung gebracht werden. Dann verloren sich alle Spuren. Der Fall wurde ad acta gelegt.

»Miriam, Paul! Kommt mal bitte her. Ich glaube, ich bin da auf was Interessantes gestoßen«, rief Harry.

Neugierig kamen die beiden zu ihm rüber. Sie wussten um Harrys *Riecher*. Wenn der mal Lunte gerochen hatte, wurde es interessant.

»Hier, dieser Fall«, dabei zeigte Harry auf den Aktendeckel. »Das ist interessant. Ich weiß zwar noch nicht warum, aber bitte lest euch mal ein und sagt mir eure Meinung. Wenn ihr ein gutes Gefühl habt, besprechen wir die weitere Vorgehensweise.« Intuitiv spürte er, dass sie etwas Großem auf der Spur waren. Desinteressiert schob er die anderen Akten auf die Seite. »Du fängst an, Paul. Und du könntest uns einen Kaffee besorgen, bis Paul fertig ist. Der verdammte Automat spinnt schon wieder.« Treuherzig sah er Miriam an. »Schwarz, mit drei Stück Zucker, ja? Paul braucht keinen, der muss ja arbeiten.«

Konsterniert stemmte Paul die Arme in die Hüften und guckte böse.

»Okay, okay, er bekommt auch einen«, sagte Harry schnell.

»Blödelt ihr hier ruhig auf meine Kosten rum«, meinte Miriam. Normalerweise hätte sie den beiden gesagt, wo sie sich ihren Kaffee hinschütten konnten, aber in ihrer angeschlagenen Verfassung war ihr sogar das Kaffeeholen recht, wenn es sie nur etwas ablenkte.

»Wie wär´s, wenn du uns kurz sagst, was dich so an dem Fall fasziniert, Harry?«, schlug Paul vor.

»Hast du wieder so ein Gefühl?«, meinte Miriam und grinste.

»Ihr kennt mich doch. Ihr werdet sehen, das ist genau das Richtige für uns. Das Ganze riecht nach Rache oder so. Schaut einfach mal rein. Okay, ran an die Bouletten. Ich will Ergebnisse, am besten Gestern!« Harry drückte Paul die Akte in die Hand.

Es war kalt draußen. Ganz Berlin ächzte unter einer Kältewelle. Nichts da mit goldenem Oktober! Harry saß in seiner Stammkneipe und ließ sich peu à peu volllaufen. Er wollte immer noch die Erinnerungen an Nicole ertränken. Auch wenn sie ihn umbringen wollte, war sie doch eine verlorene Seele. Der plötzliche Verlust ihres Vaters, als sie zehn Jahre alt war, und die unmenschliche Behandlung durch die Großeltern, hatten ihre Kinderseele in einen Konflikt gestürzt und machten aus ihr eine psychopathische Persönlichkeit und Serienmörderin. Darüber hinaus war sie aber auch eine überirdische Schönheit. Harry konnte sie einfach nicht aus dem Kopf bekommen. Dass sie ihn umbringen wollte, verdrängte er dabei gerne. Der Umstand, dass Harry Ähnlichkeit mit Nicoles verschwundenem Vater hatte, genauso, wie die anderen Opfer, hatte ihn zu ihr geführt: fast eins neunzig groß, schwarzes, nach hinten gekämmtes Haar – jetzt allerdings zu einem kleinen Zopf zusammengebunden –, athletische Figur ... ein bisschen wie Steven Seagal in schlank, denn Harry hatte kein Gramm Fett zu viel am Körper.

Die Erinnerung an Nicole tat noch immer weh, hatte er doch geglaubt, endlich eine Frau gefunden zu haben – und was für eine! Der Schmerz wollte einfach nicht nachlassen. Er hatte sich tatsächlich in Nicole verliebt. Und dann so ein Ende ...

»Du hast genug getrunken, Harry. Wir schließen jetzt«, meinte Carlo, der Barkeeper. Sie kannten sich seit Jahren. »Ich schreib's an, okay?»

»Ist okay. Ich mach mich auf die Socken«, meinte Harry mit schwerer Zunge. »Ist schon spät, oder?«

Schwankend stieg er vom Barhocker und wankte Richtung Ausgang; schnappte sich seinen Mantel und verließ die Kneipe.

Der kalte Luftzug gab ihm beinahe den Rest. Nur mit Mühe schleppte er sich in seine Wohnung, die ein paar Straßen weiter lag. Er wusste, dass da noch eine halbe Flasche Whisky rumstand. Damit würde er sich Nicole vollends aus dem Kopf schlagen – wenigsten für diese Nacht.

***

Montagmorgen. Die Hornissen in seinem Kopf hörten einfach nicht auf, zu brummen. Jede Bewegung oder Erschütterung zauberte ein Feuerwerk an seinen Synapsen und gleich würde sein Gehirn explodieren. Er saß an seinem Schreibtisch, den Kopf in die Hände gestützt, und versuchte herauszufinden, wo der Abend und die Nacht abgeblieben waren. Der Filmriss war vollständig. Anstatt es gemächlich angehen zu lassen, war er in Trauer und Selbstmitleid versunken. Ob er wollte oder nicht: Selbst mit Alkohol konnte er *sie* nicht vergessen: Nicole … So einen Exzess hatte er seit Jahren nicht mehr hingelegt.

Miriam kannte Harry gut. Nicht aus eigener Erfahrung, aber von Paul hatte sie so einiges erfahren. Besonders aus den Jahren, als beide noch dem organisierten Verbrechen nachjagten. Da Harry länger bei der Truppe war, erwischte ihn der Burn-out entsprechend früher. Das Sonderdezernat, das der Polizeipräsident ins Leben gerufen hatte, war seine Rettung gewesen. Der Polizeipräsident war nun der einzige Vorgesetzte, dem Harry als Leiter des Dezernates Rechenschaft ablegen musste.

»Hier, trink einen Schluck, Harry. Das sind zwei Aspirin. Du siehst aus, als wärst du unter eine Dampfwalze geraten«, meinte Miriam und reichte ihm ein Glas.

Sie wusste, wie es um ihn stand und was seine Seele quälte. Manchmal wurde es eben zu viel für ihn. Er war allein; sie hatte immerhin Paul, der ihr zur Seite stand, wenn die Schrecken in der Nacht zurückkehrten.

Harry hob schwerfällig den Kopf, nahm das Glas und trank es mit einem Zug leer. »Danke, Miriam. Ich glaube, mir geht's heute nicht so gut.

Aber ich reiß' mich zusammen. Das wird schon wieder, dauert nur was«

»Ist schon gut, Harry, wir kommen zurecht. Paul meint, dass du uns da auf eine ganz heiße Spur geführt hast. Er will mir heute Nachmittag die Akte geben. Ich soll sie dann mit dem neuen Programm abklopfen. Ich nenne es *Superdings*. Wie findest du das? Mal sehen, was es ausspuckt.« In einer kurzen Aufwallung von Mitgefühl strich sie ihm übers Haar und zog gleich darauf erschrocken die Hand zurück.

»Ist schon okay. Danke. Vielleicht ist das genau, das, was ich brauche. Jemanden der weiß, wie's um mich steht. Du hast ja auch so deine Probleme, oder?

»Ja, die habe ich. Aber ich bin nicht alleine – du schon. Das ist nicht gut, Harry. Jeder braucht einen Menschen, mit dem er seine Sorgen und Ängste teilen kann. Natürlich auch das Schöne. Aber es steht mir nicht zu, dir Ratschläge zu erteilen. Wer bin ich schon?«

»Auf jeden Fall bist du mehr als nur eine Mitarbeiterin.« Ja, Miriam besaß Empathie, was er besonders an ihr schätzte. Und ganz alleine war er ja nun auch wieder nicht – da war noch seine Ex: Elke … Die Zeit mit ihr war schön, aber sie konnten nicht auf Dauer zusammenleben. Seine Arbeit hatte, wie bei vielen Kollegen, die Beziehung zerstört. Jetzt waren sie gute Freunde und gelegentlich trafen sie sich, um alte Zeiten aufleben zu lassen. Auch sie konnte keine engere Beziehung mehr eingehen. Dennoch waren sie in der Lage, sich gegenseitig auszutauschen. Beide hatten lernen müssen, dem anderen zuzuhören. Diese Freundschaft hielt schon einige Jahre. Natürlich gab's da noch die körperlichen Bedürfnisse, denen sie sich widmen konnten. Das war alles sehr harmonisch, nur eines klappte nicht: zusammenleben.

»Was hast du gesagt?«, sagte Harry plötzlich überrascht.

»Was meinst du?«, fragte Miriam, die schon wieder an ihrem Schreibtisch saß.

»Superdings? Geht gar nicht«, brummte Harry. »Nenn's einfach Schorsch.«

Miriam machte den Mund auf und wieder zu.

3

Als Leo aufwachte, war es stockdunkel und stank fürchterlich. Das Gewicht, das auf ihm lastete, ließ ihn kaum atmen. Er wand sich und zog die Arme seitlich an sich hoch, bis er sie vor die Brust bekam, und die Last von sich wegdrücken konnte. Dabei rutschte er selber seitlich, sodass er sich herauswinden konnte. Er stieß auf weiter Hindernisse, die an ihm zerrten, gegen seine Beine drückten und seine Füße einklemmten, doch je weiter er sich herauswand, desto leichter fiel es ihm, bis er sich endlich aufrecht hinsetzen konnte.

Im fahlen Mondlicht erkannte er, dass es verdrehte Arme und Beine waren, die ihn festgehalten hatten. Blankes Entsetzen befiel ihn. Waren da Mama, Papa und seine Geschwister dabei? Er konnte es nicht genau erkennen, immer wieder zogen Wolken vor dem Mond hindurch und ließen die Szenerie unwirklich flackern. Dennoch war ihm klar, dass seine Familie tot war – dass alle tot waren. Außer ihm. Er war allein. Während die Tränen erneut sein junges Gesicht benetzten und heftiges

Schluchzen seinen kleinen Körper schüttelte, befreite er sich mühsam von den Leichen und stand auf.

Die Uniformierten … das Krachen der Schüsse …

Er schüttelte sich, stieg über die Leichen hinweg und kroch schließlich die Grubenwand empor. Auf allen vieren krabbelte er ein Stück weit, dann stand er auf und sah zurück: Die Grube war riesig. Er drehte sich um und begann zu laufen. Er lief und lief – nur nicht anhalten.

Er wusste nicht, wie lange er gelaufen war, nur die feuchte Kälte der Nacht hielt ihn aufrecht. Bevor er vor Erschöpfung zusammenbrach, kratzte er einen Haufen Laub zusammen, legte sich hinein und bedeckte sich damit. Das wusste er von Papa. Er rollte sich zusammen, doch er zitterte dennoch; als sie sie aus dem Haus gezerrt hatten, hatte er nur eine Hose und ein Hemd an.

Er weinte erneut, bis er keine Tränen mehr hatte. Die Bilder seiner Familie und den anderen, die im Kugelhagel starben, brannten sich tief in sein Kinderherz und ließen seine Seele erkranken, während gleichzeitig eine Saat ausgebracht wurde, welche Jahre später aufgehen würde: Rache. Doch jetzt galt es, zu überleben.

Schließlich stellte sich der erlösende Schlaf ein …

Der Krieg endete schließlich und Leo hatte ihn irgendwie überlebt. Mithilfe eines Studienfreundes seines Vaters in Krakau hatte er Germanistik und Geschichte studierte, wurde später sogar Professor an der FU-Berlin. Dort wohnte er in der Edinburgerstraße gegenüber dem Schillerpark.

Jetzt, im Ruhestand, führte er ein zurückgezogenes Leben. Er saß auf dem Balkon, hörte dem Gesang der Vögel zu und sein Blick schweifte hinüber zum Park. Die Tasse Tee war bereits erkaltet. Mit 91 Jahren holten ihn nun die Erinnerungen ein. Er hatte Jahre gebraucht, um diejenigen zu finden, die vom *Kommando Eimann* noch lebten. Sie sollten ihrer gerechten Strafe nicht entgehen. Es waren vier, von denen nur einem der Prozess gemacht worden war: Eimann selbst. Vier Jahre Haft, zwei abgesessen und dann ein freier Mann – ein Massenmörder! Nein, das konnte nicht sein. Ein anderer hatte sich nach Südamerika abgesetzt …

Leo war mit den Informationen, die er hatte, 1970 nach Argentinien gereist. Sein Ziel war das kleine Städtchen Santa Rosa de Calamuchita in der Provinz Córdoba. Der kurze Inlandflug und die anschließende knapp 100 Kilometer lange Busfahrt über Land hatten seine Nerven strapaziert. Inmitten des Calamucha-Tales, umgeben von Bergen, herrschte mediterranes Klima, das ihn ins Schwitzen brachte, denn eine Klimaanlage hatte der Bus nicht. Ein Hotel war schnell gefunden, ebenso die Adresse eines gewissen Herrn. Tagelang studierte Leo dessen Gewohnheiten, so auch die, dass der Mann regelmäßig eine bestimmte Kneipe aufsuchte. Also kehrte Leo dort ein und wartete …

In Gedanken versunken nippte Leo an seinem kalten Nachmittagstee und biss in einen dieser kleinen Kekse, die er so liebte. Während er die Tauben im Park beobachtete, kehrten die Erinnerungen an Argentinien mit Macht zurück, als wäre es gerade erst passiert …

Der distinguiert aussehende Herr, der zu ihm an den Tisch trat, passte so gar nicht in diese Umgebung. Der helle Sommeranzug saß wie angegossen und der Panamahut betonte seine Erscheinung. Ende sechzig, eins fünfundachtzig groß, braun gebrannt mit Dreitagebart und sympathischem Gesicht, blickten seine dunkelbraunen Augen fragend auf Leo.

»Ist hier noch frei, mein Herr?«, wurde er auf Deutsch angesprochen. Der Mann nahm höflich den Hut ab, in der Rechten hielt er ein volles Bierglas.

»Aber ja, bitte setzen sie sich doch«, meinte Leo und deutete auf den freien Stuhl.

»Sie sind Deutscher, nicht wahr? Der Wirt hat's mir verraten«, lachte der Mann und zeigte eine Reihe blendend weißer Zähne.

»Ja, ich mache hier Urlaub. Mir liegt nichts am Rummel in den Großstädten. Ich möchte das ursprüngliche Argentinien kennenlernen. Als Ethnologe studiere ich fremde Kulturen und dieser Ort erscheint mir noch sehr ursprünglich, obwohl er fast in der Mitte des Landes liegt.«

»Ja, das ist es hier. Ursprünglich.« Der Mann setzte sich auf den freien Stuhl Leo gegenüber. »Woher kommen sie, wenn ich fragen darf?«

»Aus Deutschland. Ich bin Professor an der FU Berlin. Mache gerade Urlaub. Der erste, seit vielen Jahren.«

Leo wunderte sich, wie ein Monster, ein Mörder, zu so einem freundlichen Menschen mutieren konnte. Die Bestie Krieg veränderte wohl jedes Individuum, wenn die Veranlagung in einem schlummerte.

»Na dann … trinken wir ein kühles Blondes auf die Heimat.« Damit hob der Mann sein Glas und sie stießen an.

»Ich heiße übrigens Carlos Rücke. Wohne schon seit einigen Jahre hier. Habe eingeheiratet. Die große Liebe, sie wissen schon.« Mit dem erhobenen Glas in der Hand drehte er sich kurz zum Tresen um: »Armando! Bitte zwei Kurze für den Herrn und mich!«

»Si, si, Señor, kommt sofort«, antwortete der Mann hinter der Theke.

»Ich weiß, wer Sie sind. Auch, dass Sie argentinischer Staatsbürger sind. Aber eingeheiratet haben Sie nicht. Ludolf-Hermann … Sie sind knapp siebzig, ehemaliger Leiter des Volksdeutschen Selbstschutzes in Danzig? Generalleutnant der Polizei und SS. Sie waren für die Ermordung von mehr als zehntausend Menschen verantwortlich. Erinnern sie sich an Ihre Zeit in Danzig und die Massaker von Piasnica?«

Leos Gegenüber erstarrte. Die Hand mit dem Bierglas sackte schlaff auf den Tisch, dass das Glas überschwappte. Alle Freundlichkeit verschwand aus seinem Gesicht. »Woher …«, begann er, schwieg dann aber. Er hatte plötzlich Schweißperlen auf der Stirn. Röte überzog das Gesicht.

Der Wirt brachte die Schnäpse. Leo nickte freundlich, der andere Mann blieb unbewegt.

»Wer sind Sie?«, stieß er schließlich scharf hervor, als der Wirt wieder hinter dem Tresen stand. Mit zittrigen Händen fischte er das Kavalierstuch aus seiner Außenbrusttasche und tupfte sich die Stirn.

»Mein Name tut nichts zur Sache.« Leo lehnte sich gemütlich zurück und starrte ihm direkt in die Augen. »Ihre Schergen in Piasnica haben nicht gründlich genug gemordet. Ich habe überlebt. Glauben Sie mir, es ist kein Vergnügen, unter einem Berg Leichen hervorzukriechen. Ich war damals zwölf Jahre alt. Na«, sagte er fröhlich und zuckte dann vor, um seinem Gegenüber hasserfüllt in die Augen zu sehen, » nun bin ich hier, damit sie ihre gerechte Strafe bekommen.« Sein Ton war eiskalt. »Dachten Sie, ungestraft davonzukommen? Ja?« Lehnte sich zurück und lachte, als hätte er einen guten Witz gemacht. Er hob den Schnaps und nickte dem Wirt freundlich zu. »Dachten Sie das wirklich?«, fragte er nun wieder in Richtung seines Gegenübers.. Er lächelte immer noch.

»Und was haben Sie nun vor?« Der Mann hatte sich schnell wieder gefangen und die Arroganz gewann die Oberhand. Er verschränkte die Arme vor der Brust und ein süffisantes Grinsen umspielte seinen Mund. »Sie haben doch keine Ahnung, wie es damals zuging. Alles war in Aufruhr. Die Befehle aus Berlin waren eindeutig und absolut. Wer keine Folge leistete, wurde selber erschossen.« Als er erkannte, dass das bei Leo keinerlei Eindruck machte, verzog er das Gesicht. »Das war doch alles Abschaum«, sagte er hochnäsig. »Unwertes Leben. Das Reich brauchte *saubere* Ostgebiete. Verstehst du, Dreckspole? *Saubere* Ostgebiete! Mir tut nur eines leid: dass wir den Krieg nicht gewonnen haben.«

Leo wurde beinahe schlecht, aber er bewahrte Contenance. Der Tod dieses widerwärtigen Individuums bereitete ihm keine Gewissensbisse. Es war sein Recht. Wann würde die Droge endlich wirken …?

Das Grinsen auf dem Gesicht des Alt-Nazis erstarb. Ungläubigkeit und Schmerz verzog sein Gesicht. Erneut trat ihm Schweiß auf die Stirn, diesmal aber aus anderen Gründen. Auf seinem Hemd bildeten sich große Schweißflecken und das Atmen fiel ihn zusehends schwerer. Er starrte Leo an, konnte aber offenbar seine Hand nicht mehr heben.

»Sie sind bereits so gut wie tot, Sie wissen es nur noch nicht.« Leo stand auf, schloss sein Jackett und klopfte dem sitzenden Mann auf die Schulter. »Ich wünsche Ihnen noch ein paar angenehme Minuten, Herr Adjutant des Reichsführers SS. Es werden Ihre letzten sein.«

Er legte einen Geldschein auf den Tisch und verließ die Kneipe. Beim Hinausgehen überlegte Leo, ob er auch die richtige Dosis in das Glas des Generalleutnants gegeben hatte, als dieser die Schnäpse bestellte. Aber doch, bestimmt, er hatte sich gründlich informiert. Zufrieden machte er sich auf den Weg zu seinem Hotel, ohne sich noch einmal umzusehen.

Als Leo in Córdoba auf seinen Flug wartete, las er in der Zeitung vom überraschenden Tod eines Exil-Deutschen, der einem Herzinfarkt erlegen sei, als er in seiner Stammkneipe ein Bier trank. Der Autor merkte an, dass der Tote lediglich einen Schnaps hinterließ, den er nicht mehr trinken konnte.

Leo faltete die Zeitung lächelnd und legte sie in seinen Koffer.

4

Bereits vor Tagen hatte Miriam von Paul die Akte *Ernst Hartwig* erhalten und in das *Superdings* eingegeben. Sie hatte das Programm übers Wochenende laufen lassen und blickte nun ungläubig auf das Ergebnis. »Harry, Paul! Das müsst ihr euch ansehen! Mein Gott … Das sind ja fast drei identische Mordfälle!« Vor lauter Aufregung verschüttete sie ihren Kaffee. »Mist, verdammter!« Sie fummelte ein gebrauchtes Taschentuch aus ihrer Jacke und versuchte, die Sauerei wegzuwischen.

»Was ist denn mit dir los? Du bist doch nicht aus Versehen auf einer Porno-Seite gelandet, oder?«, fragte Harry und reichte ihr eine Serviette, die aber auch nicht viel half.

»Ich sicher nicht, aber bei euch beiden bin ich mir nicht sicher«, knurrte sie. »Ich kenne da einen Chatroom …« *Oh Gott!* Sie biss sich auf die Zunge. »Sorry, Harry, das war nicht so gemeint … Hab's beinahe vergessen«, entschuldigte sie sich.

»Schon gut. Kein Problem. Wisch den Kaffee weg und dann zeig uns, was du hast.«

Paul hatte ein frisches Taschentuch und half Miriam mit ihrem Malheur.

Miriam präsentierte inzwischen das Ergebnis ihrer Bemühungen. »Da«, meinte sie und zeigte auf den Bildschirm.

»Verdammt!«, entfuhr es Paul. Er strich sich übers Haar. »Das gibt's doch gar nicht. Da läuft ein Dreifachmörder rum – mindestens. Das passt alles zusammen, nur Orte und Zeiten sind verschieden. Der Kerl schlägt alle paar Jahre mal zu. Was meinst du, Harry, das sieht doch ganz nach einem Serienmörder aus, oder?«

»Ja, auf den ersten Blick könnte man das meinen. Aber wir brauchen mehr Infos. Okay, tragen wir erst mal alles zusammen. Miriam, du prüfst noch mal mit etwas geänderten Parametern, ob da noch ähnliche Fälle rumschwirren. Und du, Paul, organisierst die vollständigen Akten zu den Fällen. Wir besprechen das dann morgen, für heute bin ich noch mit etwas anderem beschäftigt.«

»Jawoll, Chef!«, tönte es im Gleichklang.

Grinsend machten sie sich an die Arbeit.

Harry schlenderte an seinen Schreibtisch zurück. Verstohlen schaute er sich um und zog eine Schublade nach der anderen auf. Irgendwo hatte er mal einen Flachmann abgelegt und dann vergessen. Vielleicht würde ein kleiner Schluck seinen zu schnell abgesunkenen Alkoholspiegel etwas anheben und den Kater mildern, aber er fand die verdammte Flasche nicht. Er war kein Alkoholiker – *noch nicht*, wie er sich schmerzhaft in Erinnerung rief –, aber solche Exzesse musste man erst einmal verdauen. Dieses Wochenende war er schon wieder abgestürzt und hatte mit Erinnerungslücken zu kämpfen. Er nahm sich fest vor, damit aufzuhören. Auf Dauer würde ihn das zerstören und dafür fühlte er sich noch viel zu jung. Das war keine verlorene Liebe wert. Doch jedes Mal, wenn er daran dachte, fühlte er erneut einen Stich ins Herz. Verflucht – das musste endlich aufhören …

»Miriam! Hast du noch Aspirin bei dir rumliegen? Ich glaube, ich könnte eine gebrauchen.«

»Klaro! Hier … fang.« Schon flog die Packung zu ihm rüber.

Er brauchte Abstand und wollte ihn bei Elke suchen, warum dann nicht sofort. »Leute, heute wird das nichts mehr mit mir. Ich mach Feierabend, okay? Ihr habt ja genug zu tun und ich … ach …« Er schaute fragend in die Runde.

»Jaja, geh' du mal. Wir kommen schon zurecht«, meinte Paul. »Wir sehen uns dann morgen zur Besprechung.«

Mit schlechtem Gewissen verließ Harry das Büro.

Seine Kneipe lag auf dem Heimweg. Vermutlich würde ein Bier am besten gegen den Kater helfen …

***

Sie saßen am Besprechungstisch. Jeder hatte seine Notizen vor sich liegen. Miriam hatte noch alle möglichen Varianten der drei bekannten Fälle durchgespielt, Paul hatte zu den bestehenden die Akten besorgt und bereits gesichtet.

»Also, was haben wir?«, fragte Harry und sah in die Runde. »Fang du an, Miriam. Was hat dein PC ausgespuckt?«

Sie strich sich das Haar auf die Seite und sortierte ihre Notizen. »Um es vorwegzunehmen: Wir haben es mit drei Mordfällen zu tun, aber mit nur einem Täter – jedenfalls spricht alles dafür. Was wir nicht haben, ist ein Motiv. Ich glaube, es wird übersichtlicher, wenn ich den Flipchart benutze. Was meint ihr?«

»Guter Vorschlag. Leg los.«

»Die Parallelen sind die drei Morde, alle Opfer männlich, erschossen mit einer Militärpistole der ehemaligen Wehrmacht, eine *P08 Luger*, neun Millimeter. Der erste Mord war 1970, dann 1973 und zuletzt 1980. Bei allen drei Toten wurde ein ominöser Hinweis in Form eines großen P gefunden, bei den beiden Letzten auf die Brust gemalt, beim ersten Opfer wurde ein Zettel in der Jackentasche gefunden. Vermutlich, weil er auf einer Parkbank erschossen wurde. Beruf, Alter, Wohnorte sind meiner Meinung nicht ausschlaggebend. So hat es auch das *Superdings* interpretiert.«

»Schorsch«, brummte Harry.

»Wer?«, fragte Paul verblüfft.

Miriam verdrehte die Augen.

»Und was sagt uns das, Paul? Was sagt deine Intuition?« Harry sah ihn interessiert an.

»So wie ich das sehe, war es für die einzelnen Ermittler in den verschiedenen Städten damals nicht möglich, einen Zusammenhang herzustellen, weil niemand von den anderen Taten etwas wusste. Erst durch Miriam und ihre Arbeit ergibt sich das Gesamtbild. Es muss sich hier um einen Racheakt handeln, das würde das P erklären. Eventuell ein Serienmörder, aber dafür liegen mir die Taten eigentlich zu weit auseinander. Nein, Rache ist wahrscheinlicher, er oder Sie wollte etwas mitteilen oder auf etwas hinweisen.« Er räusperte sich kurz und fuhr dann fort: »Die Tatwaffe ist auch ungewöhnlich. Wer besitzt denn heute noch eine *P08*. Auch für die 70er ist das ungewöhnlich. Für mich ein weiterer Hinweis.«

»Ja, für mich sieht das auch stark nach Rache aus. Und das Motiv muss in der Vergangenheit liegen«, meinte Harry. »Vielleicht hat es etwas mit dem Krieg zu tun? Zumindest deutet die Tatwaffe darauf hin. Mit dem P sieht's da schon anderes aus. Wenn wir das enträtseln, haben wir das Motiv. Dann brauchen wir nur noch den Täter ausfindig zu machen. Aber da der letzte Mord 1980 stattfand, könnte es durchaus sein, dass der gar nicht mehr lebt. Okay. Paul, du nimmst dir das erste Opfer zur Brust. Wie hieß der gleich?«

»Heinz Diemann, sechsundfünfzig, erschossen 1970 in München in seiner Schwabinger Wohnung. Der hatte das P auf der Brust«, erwiderte Paul. »Ich durchforste seine Vita bis zurück zur Geburt, wenn's geht. Irgendwas werde ich schon herausfinden.«

»Und du, Miriam, nimmst dir das zweite Opfer vor.« Harry sah auf den Flipchart. »Ernst Hartwig, siebenundfünfzig. 1973 in Berlin auf einer Parkbank erschossen. Hm.« Kurz schaute er noch mal auf den Flipchart und überlegte. »Und ich nehme mir diesen Kurt Eimann vor. In einer öffentlichen Sauna erschossen. 1980. Ungewöhnlich, sehr ungewöhnlich. In einer öffentlichen Sauna. Mit einundachtzig Jahren. Wer tut denn so was?« Harry schüttelte den Kopf. »Da wäre noch was. Ich glaube, dass wir uns die Suche nach der Tatwaffe sparen können. Das Ding ist so alt, dass wir garantiert nichts darüber in Erfahrung bringen werden. Wichtiger ist, wer diese Personen waren und was sie für eine Vergangenheit haben. Vielleicht hilft uns das, dem Motiv auf die Spur zu kommen.« Schon etwas besser gelaunt sammelte er seine Notizen zusammen. »Das war's. Auf geht's. An die Arbeit.«

Paul sprang auf und knallte die Hacken zusammen. »Wollja!«, sagte er.

Miriam kicherte und drehte sich weg, als sie Harrys bohrenden Blick sah.

5

Leo saß dick in seinen Mantel eingehüllt auf einer Bank im Botanischen Garten. Es war kalt, Ende Oktober; der Winter würde bald Einzug halten. Dass waren die Jahreszeiten, die er am meisten fürchtete – Herbst und Winter. Aber mit seinem Mantel, dem dicken Schal um den Hals und der Pelzmütze ließ es sich aushalten.

In den Bäumen herrschte reges Vogelleben und auf dem Rasen rannten Eichhörnchen hin und her, auf der Suche nach ihren Nahrungsdepots, die sie im Spätsommer angelegt hatten. Allerlei Nüsse verschwanden in ihren Backentaschen, dann rasten sie die Bäume hoch und verschwanden in den Kronen. Wahrlich … der Winter stand bevor.

Manchmal nickte er kurz ein, aber in den lichten Momenten stieg die Vergangenheit mit aller Deutlichkeit in ihn empor, sodass er meinte, alles sei gerade erst gestern geschehen. Dann griff er unwillkürlich in die Manteltasche, wo seine Hand die *P08* umschloss. Sie vermittelte ihm ein Gefühl von Sicherheit. Jedes Mal, wenn er sie in die Hand nahm, überkam ihn das Gefühl von Genugtuung. All die Jahre hindurch hatte sie ihn begleitet und war zum Werkzeug seiner Gerechtigkeit geworden.

Nach der Flucht aus dem Massengrab, als er sich tagelang im Wald versteckte, wurde er von Partisanen gefunden und in ihre Gemeinschaft aufgenommen. Gleich nach dem Einmarsch der deutschen Truppen in Polen hatte sich hinter der Hauptkampflinie eine kleine Gruppe von Widerstandskämpfern formiert. Sie versteckten sich in den Wäldern, hausten in provisorisch gebauten Unterständen und trotzten den Unbilden des Wetters. Im Winter war es besonders schlimm. Die Nahrungsbeschaffung wurde zum Überlebenskampf. Sie besorgten sich ihre Waffen von deutschen Wachsoldaten, die die Nachschubwege des Heeres sichern sollten. Sie töteten deutsche Soldaten und zerstörten Bahngleise oder andere wichtige Einrichtungen, um den Nachschub an die Front zu behindern. So kam er an die *Luger P08* – sie hatten sie einem getöteten deutschen Offizier abgenommen.

Die Gruppe vermittelte ihm das Gefühl von Sicherheit. Er war nicht mehr allein, sonst wäre er vermutlich im Wald umgekommen oder den deutschen Kommandos in die Hände gefallen. Oft wurden sie wie wilde Tiere gejagt und mussten sich neue Unterstände bauen.

Zwei Jahre hausten sie in den Wäldern, ständig auf der Flucht. Oft hatten sie tagelang nichts zu essen, gelegentlich erhielten sie etwas von umliegenden Bauernhöfen.

In seinen Erinnerungen erlebte er alles aufs Neue, auch die Befriedigung, die er empfand, wenn sie Deutsche getötet hatten. Die hatten nicht nur seine Heimat überfallen, sondern sie ermordeten einfach alle, die nicht in ihr Rassensystem passten. Das jedenfalls war ihm gesagt worden. Dass ein großer Krieg ausgebrochen war, verstand er damals nicht.

Noch immer stieg Zorn in ihm hoch, wenn er daran dachte, aber auch die Angst. Er hatte zwar die Mörder seiner Familie zur Rechenschaft gezogen, aber sein eigentliches Ziel verfehlt. Die Zeichen, die er gesetzt hatte, wurden von den ermittelnden Beamten bemerkt, mehr aber nicht. Die Fälle wurden einfach ad acta gelegt. Was ihn am meisten ärgerte war, dass die Medien ihn im Stich gelassen hatten – auch sie forschten nicht weiter. Die Massaker von Piasnica waren dem Vergessen anheimgefallen, also blieb ihm nur die Genugtuung, die Mörder seiner Familie und Tausender anderer Opfer gerächt zu haben.

In Argentinien hatte er begonnen, aber diesen Akt der Rache empfand er im Nachhinein als zu trivial. Noch im gleichen Jahr wollte er daher ein Zeichen setzen. Der Nächste auf seiner Liste war ein SS-Untersturmführer aus dem *Kommando Eimann*, der in München-Schwabing wohnte. Er hatte sowohl seine Adresse ausfindig gemacht, als auch seine Arbeitszeiten als Schichtleiter bei BMW ermittelt.

Er hatte sich wie ein Einbrecher Zutritt zu der Wohnung des Mannes verschafft, während dieser noch arbeiten war. Er hatte seine Jacke ausgezogen und sich in einen Sessel mit Blick zur Tür gesetzt, neben sich eines der Deko-Kissen. Dann wartete er ...

Er war eingenickt, als er den Schlüssel im Schloss vernahm. Das Licht im Flur ging an und kurz darauf stand ein Mann in der Wohnzimmertür. Licht flammte auf und das Erkennen, dass er nicht. »Guten Abend, Herr Diemann!«, sagte Leo ruhig. »Bitte treten Sie doch ein. Setzen Sie sich. Dorthin.« Er deutete mit dem Lauf seiner Pistole auf den Sessel ihm gegenüber.

Diemann überwand seinen Schreck sofort und Zornesröte überzog sein Gesicht. Am liebsten hätte er sich auf den ungebetenen Gast gestürzt. Allein die auf ihn gerichtete Pistole hielt ihn davon ab. »Verdammt noch mal! Wer sind Sie und was wollen Sie von mir? Ich heiße nicht Diemann, also, was

soll das Ganze?«, brüllte er fasst und nahm wider-
willig Platz. »Wie kommen Sie überhaupt in meine
Wohnung?«

»Ich denke schon, dass Sie Diemann heißen«,
sagte Leo kühl. »SS-Untersturmführer Diemann
vom Kommando Eimann. Mörder meiner Familie.«
Leo sah das Verstehen in den Augen des Mannes
aufblitzen.

Die Zornesröte Diemanns war verflogen und
wächserner Blässe gewichen.

»September 1939, Danzig, im Wald von Piasnica in Polen ... Na, fällt der Groschen?« Eiseskälte
hatte Leo erfasst. Noch immer zeigte der Lauf seiner Pistole auf den Kopf des anderen Mannes.

»Mein Gott! Nach all den Jahren ... Ich war
damals doch nur ein Mitläufer«, stotterte er. »Man
hat uns gezwungen. Hätte ich mich geweigert, wäre
ich auch in die Grube gefahren. Das wollte ich
nicht. Anderen von unserem Kommando erging es
genauso. Wir haben mitgemacht, ja, mussten wir
doch. Wenn wir es nicht getan hätten, hätten andere ....«

Die Angst ergriff Besitz von SS-Unteroffizier
Diemann, die Angst und die Erinnerung, die er so
lange verdrängt hatte. Die Erinnerung, an die vielen
Erschießungen ... Das ging bis Dezember 1939 auf
der Westerplatte, dann wurde er 1944 mit seiner

Einheit an die Ostfront nach Russland versetzt. Keiner war ihm auf die Schliche gekommen, er war ja nur ein einfacher Soldat. In der BRD hatte er unbehelligt ein ganz normales Leben als Kriegsheimkehrer geführt, war sogar mal verheiratet, aber die Ehe hielt nicht lange und Kinder hatten sie auch keine …

»Sie waren also nur ein Mitläufer, ja? Und leid tut Ihnen das alles sicher auch, oder irre ich mich?« Fast unbemerkt hatte er sich das Kissen auf den Schoss gelegt, die Hand mit der Pistole darunter.

»Ja … so ist es gewesen. Ich war damals noch so jung und …«

Der Knall des Schusses wurde vom Kissen gedämpft, als die Kugel Diemanns Kopf durchschlug und den halben Hinterkopf wegriß. Blut und Gehirnmasse verteilten sich im Zimmer. Der Rest des Kopfes kippte zur Seite. Die Lügen blieben in dem weitgeöffneten Mund und an ihrer Stelle kam Blut heraus.

Leo steckte die Pistole in den Hosenbund, stand auf und öffnete das Hemd des Toten. Er zog das Unterhemd hoch und malte mit einem Filzstift ein dickes *P* auf die Brust des Mannes. Anschließend ordnete er Unterhemd und Hemd wieder. Ohne den Toten eines weiteren Blickes zu würdigen, verließ er die Wohnung.

Die Genugtuung, die er bei diesen Erinnerungen empfand, hatten Leo wieder einnicken lassen. Die letzten Sonnenstrahlen, die ihm nun direkt ins Gesicht schienen, weckten ihn. Ihm war so warm, dass er die Pelzmütze abnahm. Er strich sich über die Haare.

Erneut versank er in Erinnerungen, tauchte ab, auf der Suche nach dem dritten Mörder …

Drei Jahre hatte er gebraucht, um Ernst Hartwig zu finden, einen SS-Untersturmführer, wohnhaft in Berlin. Mittlerweile war der Mann 57 Jahre alt, als Versicherungskaufmann tätig und dauernd unterwegs, daher war es für Leo schwierig, sein Vorhaben auszuführen. Doch dann plötzlich – Vorsehung? – ergab sich eine Gelegenheit. Gerade, als er sich von der Observierung des Hauses zurückziehen wollte, trat Hartwig ins Freie. Etwa eins achtzig groß, mit schütterem Haar und einem recht großen Bauchansatz, schlenderte er in leichter Sommerkleidung Richtung Lehne-Park. Dort ließ er sich auf einer Bank nieder, in der Hand eine Tüte mit alten Brötchen.

»Darf ich mich zu Ihnen setzen?«, fragte Leo, der ihm unbemerkt gefolgt war. »Man ist ja nicht mehr der Jüngste und die Pumpe macht manchmal Sperenzchen«, entschuldigte er sich und nahm unaufgefordert Platz.

»Ja, natürlich, ist ja genug Platz«, entgegnete Hartwig. »Mein Herz ist ja auch nicht mehr das Beste. Komme einfach nicht dazu, etwas Sport zu treiben. Als Versicherungsvertreter bin ich dauernd auf Achse. Aber ich will mich nicht beschweren. Außerdem esse ich gerne und gut. Das rächt sich jetzt langsam.« Bedächtig griff er in die Tüte, zerbröselte eine Semmel und warf die Bröckchen den Tauben hin, die sie eifrig aufpickten.

Eine Weile schaute Leo dem Treiben zu. Ganz beiläufig fragte er: »Waren Sie zufällig auch mal in Polen tätig?« Er schaute Hartwig von der Seite an. Er wollte sich das Erschrecken dieses Mörders nicht entgehen lassen.

»Nein, was sollte ich denn dort? Das ist nicht mein Gebiet.«

Hartwich bekam kurz einen glasigen Blick. 1939, da war er in Polen …

Er schüttelte sich. Diese Zeit wollte er aus seinem Gedächtnis verbannen. Schuldgefühlte hatte er keine, er führte ja nur Befehle aus. Sie bekamen Alkohol und Drogen, es herrschte eine Gruppendynamik, die ihnen half, sich dazu zu überwinden; niemand wollte als Feigling dastehen. Einige hatten allerdings regelrechten Spaß am Töten – die Herren über Leben und Tod. Nach kurzer Zeit waren sie emotional völlig abgestumpft und töteten routiniert.

Die SS-Ausbilder hatten sie konditioniert, dass alles Nicht-Arische unwertes Leben sei. Da ließ es sich leicht töten. Schuld? Nein, keine Schuld …

»Vielleicht kann ich Ihrem Gedächtnis etwas auf die Sprünge helfen?«, sagte Leo plötzlich in die Stille hinein und drückte Hartwich den neuen Schalldämpfer der *P08* in die Seite. »Wenn Sie jetzt aufstehen, sind Sie tot.« Er verstärkte den Druck. »Also … ich frage Sie noch einmal: Waren Sie je in Polen und sagt Ihnen der Name Piasnica etwas?«

»Ja, ja …«, begann Hartwich zu stammeln. Das war zu Kriegsbeginn in Danzig.« Warum zum Teufel musste ihn seine Vergangenheit einholen? Sie waren doch so gründlich gewesen … es konnte keiner überlebt haben, kein Zeuge, kein …

»Warum nicht gleich so, Herr SS-Untersturmführer. Haben Sie vielleicht vergessen, dass sie behilflich waren, Tausende Menschen zu ermorden? Zum Beispiel im Wald von Piasnica? Ich bin der einzige Überlebende meiner Familie. Und nun sitzen wir hier … Es sind nur noch Sie und Eimann übrig.«

»Wie … Eimann lebt noch?« Ja, er konnte sich noch sehr gut erinnern. Eimann war es, der ihn dauernd die Drecksarbeit machen ließ und in die Grube schickte. Nur weil die Jungs zu dumm waren, richtig zu treffen, musste er jedes Mal da runter und sicherstellen, dass auch wirklich alle tot waren. Spaß hatte das nicht gemacht. Trotzdem … Eimann war sein Offizier – sein Vorbild. Der hatte nie irgendwelche Zweifel oder Skrupel und führte alle Befehle pedantisch aus. Und abends wurde immer gefeiert … Mangel an gefangenen Frauen hatten sie nie, schließlich hatten sie einen anstrengenden Job und brauchten Zerstreuung … dafür hat der Kommandant immer gesorgt. Ja, das waren noch Zeiten …

»Hören Sie auf zu träumen! Denken Sie, ich bin zum Spaß hier?«

»Ach, hören Sie doch auf. Damals habe ich nur Befehle ausgeführt, mehr nicht. Wir wurden dazu gezwungen und es tut mir wirklich leid, was mit Ihrer Familie passiert ist. Sie müssen mir glauben, dass ich das nie gewollt habe.« Sein Mund verzog sich zu einem Lächeln, aber die Augen blieben eiskalt.

Plopp … Mehr war nicht zu hören, als die Kugel Hartwigs Stirn durchschlug und hinten wieder austrat. Sein Kopf wurde nach hinten gerissen und er rutschte etwas nach unten. Der Mund stand schreckgeweitet offen.

»Mir tut es nicht leid, Herr Hartwig«, hörte Leo sich selbst sagen. Dann holte er einen Zettel aus der Tasche und steckte ihn ins Jackett des Toten; stand auf und verließ den Park.

Die Sonne war untergegangen, es wurde empfindlich kalt. Er hatte gar nicht bemerkt, dass er seine Pelzmütze abgenommen hatte. Im ersten Augenblick wusste er nicht, wo er sich befand. Vor seinem inneren Auge sah er die toten Gesichter der Mörder und ihre gebrochenen Augen. Es waren keine Rachegefühle, die er damals empfand, vielmehr die Genugtuung, Gerechtigkeit geübt zu haben. Traum und Wirklichkeit verschmolzen ineinander. Auch jetzt noch konnte er die Genugtuung spüren …

Er setzte seine Pelzmütze auf, schob den Mantelkragen in die Höhe und machte sich auf den Weg nach Hause. Es dunkelte bereits; er war müde und sehnte sich nach Ruhe. Das Leben hatte ihm die Bürde des Alterns aufgezwungen und forderte seinen Tribut. Trotzdem war er dafür dankbar, denn eine Aufgabe gab es noch zu erfüllen. Inständig hoffte er am Leben zu bleiben, um sie vollenden zu können. Dann konnte der Tod auch zu ihm kommen …

6

Im Büro herrschte rege Betriebsamkeit. Es wurden Telefonate geführt, in Akten geblättert und Notizen gemacht. Miriam war in ihren PC vertieft, während sie zwischendurch an ihrem Kaffee nippte. Dieses quirlige blonde Persönchen mit Bubi-Haarschnitt und nettem Gesicht, in ihren Augen blitzte meistens der Schalk, hatte es mit 23 Jahren zur Polizeikommissaranwärterin gebracht. Ihr Spezialgebiet war die Computerrecherche. Als das Sonderdezernat vom Polizeipräsidenten eingerichtet wurde, um ungelöste Mordfälle neu aufzuarbeiten, hatte sie sich sofort gemeldet. Mit Harry verstand sie sich auf Anhieb gut, ebenso mit Paul.

Paul Strohbeck, 33 Jahre alt, groß, schlaksig mit rotblondem Haar und jede Menge Sommersprossen im Gesicht war bereits Polizeihauptkommissar. Er verfügte über eine geniale Kombinationsgabe.

Seit ihrem letzten Fall waren sich die beiden nahegekommen und eine Beziehung eingegangen. Sie verstanden sich und bildeten mit Harry ein Team, das harmonierte und gut aufeinander eingespielt war.

Harry befasste sich gerade mit der Vergangenheit von Kurt Eimann, als die Bürotür geöffnete wurde. »Na, das nenne ich mal Arbeitsmoral! Fleißig, fleißig, die Herrschaften. Einen guten Tag allerseits.« Der Polizeipräsident trat schwungvoll ein.

Unwillkürlich standen Miriam und Paul auf, nur Harry blieb sitzen. »Hallo, Ernst. Was führt dich denn hierher? Dachte, du wärst schon im Ruhestand, so lange ist das her, dass du das letzte Mal vorbeigeschaut hast.« Harry grinste ihn an. Dann bequemte er sich aufzustehen und gab seinem Chef die Hand.

Die beiden kannten sich seit Jahren und irgendwie war er auch Harrys Förderer. Ihm war es zu verdanken, dass er dieses Sonderdezernat als Leiter bekam.

»Na ja, ich wollte nur mal sehen, wie es euch hier geht. Außerdem habe ich erfahren, dass dein Team hervorragende Arbeit leistet. In so kurzer Zeit einen Erfolg vorweisen kann auch nicht jeder.« Er nahm Harry etwas beiseite und flüsterte, sodass es die anderen nicht hören konnten: »Aber deswegen bin ich nicht hier, Harry. Du wärst beim letzten Fall beinahe draufgegangen.« Etwas verlegen hielt er kurz inne. »Bitte sag mir ehrlich, wie es dir geht. Hast du alles gut überstanden oder gibt's da noch Probleme?« Er schaute ihm tief in die Augen.

»Alles okay, Ernst. Ja, war ziemlich schlimm, ist aber noch mal gut gegangen. Ich bin wirklich okay, habe das Ganze leidlich überstanden. Komm, jetzt schau doch nicht so mitleidig. Es ist wirklich alles bestens.« Insgeheim ging es Harry gar nicht gut, aber das brauchte Ernst nicht zu wissen.

Ernst war wie ein Vater für ihn. Den seinen verlor Harry bereits in jungen Jahren, als seine Eltern sich trennten. Sein Vater, der ein gut gehendes Restaurant betrieben hatte, verkaufte alles und ging zurück nach Mexiko. Dort kaufte er Land und baute seither Agaven an, aus denen Tequila oder Agavendicksaft gewonnen wurde. Er war mittlerweile recht vermögend. Harry hielt den Kontakt immer noch aufrecht. Aber als er noch ein Junge war, musste er erst mal alleine mit seiner Mutter leben, die überraschend starb, als Harry gerade das Abitur bestanden hatte.

»Darf ich dir bei der Gelegenheit mal meine beiden Kollegen vorstellen? Die besten Mitarbeiter, die man sich wünschen kann – und ich meine das so, wie ich es gesagt habe. Miriams Geistesgegenwart verdanke ich mein Leben und wenn Paul nicht gewesen wäre ... Daran möchte ich gar nicht denken.«

Der Polizeipräsident reichte beiden die Hand, wobei er bei Miriam nonchalant einen Handkuss andeutete. »Ich freue mich sehr. Ich habe von Harry nur Gutes über Sie vernommen. Es sieht so aus, als ob sie wirklich ein tolles Team sind. Das stimmt doch, Harry, oder?«

»Selbstverständlich, Herr Polizeipräsident, die besten Polizisten im ganzen Präsidium«, rief er und grinste.. »Wir sind gerade an einem Fall, bei dem wir uns sicher sind, dass es sich um einen Serienmörder handelt, der bereits drei Menschen getötet hat. Was wir noch brauchen, ist das Motiv. Daran arbeiten wir gerade.« Erst schaute Harry grinsend zu den beiden rüber, dann zwinkerte er ihnen zu.

Etwas verlegen standen sie da und wussten nicht so recht, was sie von dem Ganzen halten sollten. Harry ein Freund des Polizeipräsidenten? Das hatten sie nicht gewusst. Was hatte der Kerl noch an Überraschungen parat?

»Na dann will ich nicht weiter stören. Bitte fahren sie mit ihrer Arbeit fort. Guten Tag allerseits.« Er wandte sich zur Tür. »Machs gut, Harry, wir sehen uns beim nächsten Briefing.«

»Ja, machs gut Ernst, wir sehen uns.«

Als die Tür hinter dem Polizeipräsidenten ins Schloss gefallen war, blies Harry die Backen auf, stemmte die Hände in die Hüften, ließ sie wieder sinken, kratzte sich am Ohr und stöhnte schließlich: »Puh, also ... Ernst und ich kennen uns schon viele

Jahre. Er und mein Vater waren dicke Freunde. Das ist aber kein Grund hier rumzustehen und Maulaffenfeil zu halten, klar? An die Arbeit.«

Harry setzte sich an seinen Schreibtisch und tat, als wäre nichts gewesen. Er verglich die telefonisch abgerufenen Informationen mit seinen Notizen. Sie reichten zurück bis ins Dritte Reich. Dieser Eimann war bei der SS in Danzig stationiert. Na ja, das waren damals viele. Bis zu seiner Ermordung gab die Vita nichts Gravierendes her. Er drehte sich um und schaute zu Miriam rüber.

»Miriam! Wie sieht's bei dir aus? Hast du schon Konkretes über diesen Diemann?«

Sie blickte auf, suchte in dem Stapel Notizblätter nach einem ganz bestimmten, zog es heraus und hielt es hoch. »Ich habe wie eine Blöde herumtelefoniert. Angehörige, Bekannte … die ganze Palette. Da ist nichts Ungewöhnliches. Während seiner Militärzeit war er SS-Untersturmführer in Danzig, das liegt in Polen, wo er später während des Krieges eingesetzt war, ist unbekannt. Der Rest steht ja schon in den Ermittlungsakten. Also nichts, was uns weiterhelfen könnte. Ich bleibe aber dran.«

»Wie sieht's bei dir aus, Paul? Irgendwas Verwertbares?«

»Du weißt ja, ich habe mich um diesen Hartwig gekümmert. Da ist auch nichts, was uns weiterbringen könnte. Auch seine Vita ist bis zu seinem Tod sauber. Vor Kriegsbeginn und während des Krieges war er SS-Untersturmführer in Danzig. Ansonsten ist nicht viel bekannt.« Die Typen haben ihre Vergangenheit offenbar gut verschleiern können.«

»Ha! Danzig! Meiner auch: Kurt Eimann, SS-Obersturmbannführer, 1939 stationiert in Danzig! Drei SS-Männer, ermordet mit einer Militärpistole aus dem Zweiten Weltkrieg, jeder mit einem P gekennzeichnet. Das wird der Schlüssel sein! Los, Brainstorming. An den Besprechungstisch, bitte. Ich glaube, wir haben einen Ansatzpunkt. Was war der Diemann zu Kriegsbeginn, Miriam? Ganz genau bitte.«

Sie schaute auf ihren Notizzettel. »Der war im September 1939 in Danzig stationiert. SS-Untersturmführer beim Kommando Eimann. Mehr war nicht zu ermitteln.

»Und du, Paul, was hast du über diesen Hartwig? Ach, ich kann es mir denken: Der war auch irgend so ein Sturmführer beim Kommando Eimann – richtig?«

Paul nickte.

Miriam setzte sich an ihren PC und gab *Kurt Eimann* ein.: »SS-Obersturmbannführer und Leiter des *Kommandos Eimann*, 1939 in Danzig. Er führte von Ende September bis Dezember 1939 Exekutionen durch, unterstützte bestehende Polizeikräfte bei der *Aktion Tannenberg,* um *polnische Elemente* der freien Stadt Danzig zu liquidieren. Als Leiter des *Wachsturmbanns Eimann* unterstützte er den *Volksdeutschen Selbstschutz* bei Massenhinrichtungen von polnischen und kaschubischen Intellektuellen sowie Patienten aus der Psychiatrie und Deportierten aus dem Reichsgebiet. 1968 wurde er zu vier Jahren Haft verurteilt, von denen er nur zwei absaß, lebte ab 1949 in Misburg bei Hannover. Dann verliert sich seine Spur.«

»Wow, das hast du von Schorsch?«, staunte Harry.

»Wer ist Schorsch?«, fragte Paul.

»Nee, Wikipedia«, meinte Miriam grinsend.

»Wer ist Schorsch?«, fragte Paul erneut.

»Das muss es sein, Harry. Wir haben ein Motiv: Rache!«

»Wer ist …«

»Für mich gibt es keinen Zweifel mehr«, rief Harry. »Wir suchen nach jemandem, der so ein Massaker überlebt und in den Siebzigern mit seinem Rachefeldzug begonnen hat. Vielleicht gibt es noch mehr Opfer, von denen wir nichts wissen. Bisher wissen wir von dreien. Dieser Kurt Eimann ist der Schlüssel, er führt uns zum Täter.«

Harry war vor Aufregung ganz rot im Gesicht. Die Jagd war eröffnet! Mit seinem Elan steckte er

Miriam und Harry an, riss sie einfach mit, denn jetzt hatten sie etwas, worauf sie sich einschießen konnten.

Selbst Harry, der meistens gemäßigt an einen Fall heranging, ließ sich inspirieren: »Wenn der Schlüssel 1939 in Danzig zu suchen ist, werde ich dort weitereruieren. Ich fahre nach Danzig und werde mich im dortigen Archiv kundig machen.« Rosi aus der Buchhaltung würde ihm wegen der Spesen was husten, aber die konnte sich ja bei Ernst beschweren, dachte er grinsend. »Ihr versucht so lange, mehr über die Ermordeten und ihr näheres Umfeld herauszubringen. Rekonstruiert genau die Tathergänge. Vielleicht gibt es Hinweise, die übersehen wurden.«

Miriam massierte sich die Stirn. »Wenn der Täter aus Rache mordet, könnte er noch weitere Hinweise gegeben haben. Das P ist etwas dünn, so jemand will vielleicht Aufmerksamkeit. Ich füttere *Superdings*, also *Schorsch*, wie Harry sagen würde, jetzt noch mal mit den neuesten Daten über die Opfer. Vielleicht finde ich weitere.« Sie sah Paul zärtlich an.

»Ach so!«, rief Paul erfreut, der endlich verstand, von wem die beiden die ganze Zeit sprachen, »ihr meint das Programm …«

»Schorsch«, sagte Harry.

»Superdings«, meinte Miriam und setzte sich an ihren PC.

»Also ... na gut. Ich kümmere mich um die verschiedenen Tathergänge und gehe alle Akten noch mal durch. Vielleicht finde ich unter dem neuen Gesichtspunkt etwas«, meinte Paul. »Dieses verdammte P ist doch ein Wink mit dem Zaunpfahl. Mein Gefühl sagt mir, dass es kein Synonym für Polen ist. Da steckt mehr dahinter.« Er raffte seine Notizen zusammen und ging zu seinem Schreibtisch.

7

Leo saß im Sessel, während das Fernsehprogramm über den Bildschirm flimmerte. Er verstand diese neuartigen Sendungen nicht mehr. Die Menschen wurden zu hirnlosen Konsumenten erzogen. Das fing bei den Kindern an und die Erwachsenen merkten es nicht einmal. Wenn doch, war es ihnen egal. Was ihm am meisten aufregte, waren die Werbeeinblendungen. Gott im Himmel! Was da den Menschen in die Köpfe gedrückt wurde, wie man sie zumüllte … Nein, er konnte das nicht nachvollziehen. Zu seiner Zeit, damals, gab es nur eines: satt werden, um weiterzuleben. Sie hatten andere Sorgen gehabt, der Tod lauerte überall. Seine Zeit bei den Partisanen dauerte beinahe zwei Jahre, dann erst gelang es ihm, sich nach Krakau durchzuschlagen. Der Studienkamerad seines Vaters, den er früher immer *Onkel* genannt hatte, nahm ihn trotz des Risikos auf. Ihm hatte er alles zu verdanken. Er half ihm die Monster, die ihn nachts befielen und schreiend hochschrecken ließen, langsam zu vergessen. Ihm hatte er auch zu verdanken, dass er höhere Schulen und die Universität besuchen konnte.

Er hatte schließlich auch den letzten Überlebenden des Mörderkommandos von Piasnica ausfindig gemacht. Jahre hatte er dafür gebraucht. Ähnlich wie in dieser Fernsehsendung *Vermisst*. So wie Julia Soundso musste er sich durch Behörden und Ämter fragen. Den Ausschlag gaben meistens irgendwelche Nachbarn oder Bekannte über den letzten Aufenthaltsort. Mit Ausnahme von Eimann …

Leo war müde, sehr müde. Die Last eines langen Lebens lastete auf ihm. Warum sollte er noch weiterleben? Immer öfter stellte er sich diese Frage.

Er schaltete den Fernseher aus und genehmigte sich vor dem Zubettgehen einen Schlummertrunk. Es fiel ihm immer schwerer, nachts schlafen zu können. Auch dachte er an seine Pistole, die ihn so viele Jahre begleitet und gute Dienst geleistet hatte. Ja, er war fast fertig …

Die Erinnerungen wollten ihn nicht loslassen. Nach so vielen Jahrzehnten waren sie noch immer lebendig. Wieder und wieder drängten sich ihm die Bilder auf: Dieser Offizier, der seinen Vater als Ersten erschoss, weil er seinem Kommando mit gutem Beispiel vorangehen wollte … Er sah den Mann vor sich, als würde es gerade erst geschehen.

Und jetzt, nach Jahren, hatte er ihn endlich ausfindig gemacht. Kurt Eimann …

Bis 1980 hatte er nach dem Schwein gesucht. Dann endlich hatte er ihn ausfindig gemacht, seinen Jahresurlaub genommen und sich in einer Pension in der Nähe eingemietet. Tagelang observierte er Eimann, studierte seine Gewohnheiten und fand heraus, dass er jeden Mittwoch in Hannover eine öffentliche Sauna besuchte. Es war unglaublich, der Kerl war sogar für seine Verbrechen verurteilt worden, vor zwölf Jahren schon, und er hatte nichts davon mitbekommen. Da hatte doch jemand nachgeholfen, das unter den Teppich zu kehren! Und dann die Strafe: Vier Jahre für 1200-fachen Mord! Natürlich nur zwei Jahre davon abgesessen. Danach war der Kerl untergetaucht. Das schaffte man in dem Alter nicht ohne Hilfe. Aber sei's drum, er hatte ihn ja schließlich doch gefunden.

Gegen 20 Uhr war die Sauna so gut wie unbesetzt. Eimann, in ein kurzes Badetuch gehüllt, saß auf der obersten Bank. Schweiß lief ihm über Gesicht und Körper. Das schüttere, fast weiße Haar klebte am Kopf und er hyperventilierte leicht. Die Hitze machte ihm zu schaffen. Mit seinen 81 Jahren sah er nicht mehr allzu frisch aus. Das faltige Gesicht war dem Alter geschuldet, aber seine Augen hatten noch immer etwas Stechendes an sich und die markante Nase stach daraus hervor, wie ein Bajonett. Leo betrat nach dem kurzen Blick durch das kleine Fenster die Sauna. In der Hand hielt er ein zusammengerolltes Badetuch, ansonsten war er nackt. Trotz seiner 53 Jahren war er durchtrainiert, hatte kein Gramm zu viel.

»Darf ich einen Aufguss machen?« Er schaute Eimann fragend an.

»Wenn Sie davon absehen würden, wäre ich Ihnen sehr verbunden. Mein Herz verträgt das nicht mehr so gut. Ich bekomme schlecht Luft«, antwortete der alte Mann auf der obersten Bank.

»Na gut. Dann will ich mal nicht so sein.« Leo setzte sich neben den Alten. Das zusammengerollte Badetuch lag auf seinem Schoss. »Wissen Sie, Herr Eimann, ich gehe nicht so oft saunieren. Vielleicht ein Fehler? Haben Sie sich deswegen so gut gehalten? Wie alt sind Sie jetzt – achtzig? Einundachtzig? Erstaunlich, wie die Zeit verrinnt. Damals waren Sie eine stattliche Erscheinung in Ihrer schicken SS-Uniform.«

Der alte Mann schrak zusammen und begann schwer zu atmen. »Was soll das?«, brachte er mühsam hervor.

»Haben Sie alles vergessen oder es nur verdrängt? Die anderen wussten es noch – jedes kleine Detail. Ich jedenfalls habe nicht vergessen, Herr

SS-Obersturmbannführer, wie Sie meinen Vater schossen haben« Leo zog die mit einem Schalldämpfer versehene *P08* aus dem Handtuch. »Danzig, 1939. Im Wald von Piasnica! Erinnern Sie sich jetzt wieder?«

Überraschung zeichnete Eimanns Gesicht, aber er fing sich sofort wieder. »Das war eine andere Zeit. Schreckliche Jahre waren das. Wir hatten einen Auftrag und mussten entsprechend handeln.« Er zuckte mit den Schultern. »Gauleiter Albert Forster, war für alles verantwortlich. Von ihm bekamen wir die Befehle. Wir sollten sein Gau *polen- und judenfrei* machen. Auch wir waren letztendlich nur Opfer … Ich wurde von einem ordentlichen Gericht verurteilt und habe meine Strafe verbüßt.«

Leo konnte es nicht fassen. So einfach war das für diesen Typen? Zwei Jahre in einem bundesdeutschen Gefängnis und er meinte, damit hätte er seine gerechte Strafe erhalten? Ja, die deutsche Justiz hatte wahrlich kein Interesse, ihre Kriegsverbrecher angemessen zu bestrafen.

»Ich werde Sie trotzdem töten. Keine Justiz wäre in der Lage, Sie angemessen für Ihre Taten zu bestrafen, schon gar nicht, wenn es ihr peinlich ist. Ich fülle diese Lücke, verhelfe der Menschlichkeit zu ihrem Recht.«

»Wissen Sie, als ich als junger Mann zur SS ging, war die NS-Ideologie das Einzige, was mir schlüssig schien. Voller Enthusiasmus, wie es viele damals empfanden, wurde mir eine Ideologie aufoktroyiert, die eigenständiges Denken und Handeln ausschloss. Absoluter Gehorsam und das Nichtinfragestellen von Befehlen hatten oberste Priorität. Heute würde ich sagen, das war Gehirnwäsche pur. Wir waren nur einem verpflichtet: Adolf Hitler und seinem Rassenwahn. Man steckte uns in schicke Uniformen und gab uns das Gefühl, Herrenmenschen zu sein, die sich über alles erheben durften, sofern es den Befehlen und der Ideologie nicht entgegenstand. Wissen Sie, wie das ist? Es machte einen beinahe zu Gott! Wir standen über allem. Recht und Gesetz waren wir.« Er musste Luft holen, hatte nichts mehr hinzuzufügen.

Leos Wut stieg beinahe ins Unermessliche. Wie krank waren diese Arschlöcher? Er konnte beinahe nicht mehr an sich halten, wollte ihn anschreien, am liebsten an die Gurgel springen und würgen, bis das Leben den alten Körper verließ. Er konnte diesen ideologisch verqueren Quatsch nicht länger ertragen. Voller Zorn richtete er die Pistole auf Eimanns Kopf, der völlig ruhig blieb. Das Letzte, was Leo sah, waren die kalten, desinteressiert dreinblickendenden Augen. Dann drückte er ab …

Ein lauter Werbespot riss Leo zurück in die Gegenwart. Er schreckte hoch und wusste im ersten Moment nicht, wo er war. Die schrecklichen Erinnerungen … Freude hatte er keine empfunden, eher Genugtuung. Ja, das war der Letzte, dessen er habhaft werden konnte. Seine Familie war gerächt, der letzte Mörder hatte seine gerechte Strafe erhalten. Jetzt konnte er in Ruhe abtreten. Mit 91 Jahren meinte er, sein Leben gelebt zu haben. Alles was jetzt noch kommen würde, bedeutet nur die Mühsal des Alters. Er sehnte sich nur noch nach Ruhe, einer endgültigen, von der es keine Wiederkehr gab.

Mühsam quälte er sich aus dem Sessel hoch, schaltete den Fernseher aus und machte sich zum Schlafengehen fertig.

Vielleicht wache ich ja einfach nicht mehr auf …

8

Es war zu kalt, um das Verdeck des *Mercedes 230 SL* zu öffnen. Harrys Lieblingsspielzeug fristete die meiste Zeit ein einsames Dasein. Er hatte den Oldtimer das Jahr über bei einem Freund untergestellt und holte ihn nur zu besonderen Gelegenheiten, wenn das Wetter passte heraus.

Die Fahrt führte ihn über Stettin, an Kolberg vorbei und schließlich über Slupsk nach Danzig. Dafür brauchte er sechseinhalb Stunden. Grenzformalitäten gab es ja keine mehr. Er hatte sich telefonisch beim dortigen Polizeipräsidium mit einem Kollegen verabredet. Tomek Kotecki sprach fließend Deutsch und wollte ihm bei seinen Ermittlungen behilflich sein.

Tomek war ein erfahrener Polizist und stand kurz vor der Pensionierung. Sein Vater war ein Deutscher, der Polen nach dem Krieg nicht verlassen hatte, war mit einer Polin verheiratet. Heute war Tomek dankbar, dass sie ihn zweisprachig erzogen hatten. Wenn es deutsche Sprachprobleme gab, wurde er gerufen.

Tomek meinte, das Stadt-Archiv wäre wohl die erste Anlaufstelle für Harry. Alternativ könnten sie es über das Standesamt oder im Kirchenarchiv versuchen.

Sie hatten sich in einem Café verabredet und begrüßten sich überaus herzlich. Die Altstadt von Danzig, nach dem Krieg neu aufgebaut, war eine einzige Augenweite, die Einzigartigkeit überwältigte Harry fast. Hier pulsierte das Leben und die Fassaden der Häuser erinnerten an die Zeiten alter Hansestädte. Einfach kolossal!

Während Harry genüsslich seinen Eisbecher leerte und dabei seinen Fall schilderte, trank Tomek einen Cappuccino. Auch wenn es drei Opfer gab, so war für Harry klar, dass sie nur einen Täter suchten.

Tomek hörte genau zu und kam zu dem gleichen Schluss. »Weißt du, Harry«, sie hatten sich gleich das *Du* angeboten, »gleich nach Kriegsbeginn fingen hier in der Gegend die Massaker an. Besonders im Wald bei Piasnica. Das ist nicht weit von hier.«

»Piasnica?«, fragte Harry aufgeregt. »Könnte das P womöglich ein Hinweis des Täters auf diesen Ort sein?«

»Also, wenn wir uns in die Lage eines möglicherweise Überlebenden versetzen, der ein Zeichen setzen will, vielleicht die Medien dadurch aufrütteln möchte, kann ich mir das ganz gut vorstellen.

Die Frage ist nur: Wie hat er die Leute, an denen er Rache nimmt, gefunden? Das ist keine Kleinigkeit. Die stehen ja nicht im Telefonbuch unter *Naziverbrecher*.«

»Ich glaube, dazu kann uns nur der Täter Auskunft geben«, meinte Harry.

Sie genossen die letzten Strahlen der untergehenden Sonne im Straßencafé. Keiner der Passanten hatte es eilig und die friedliche Atmosphäre in dieser Straße gefielen Harry sehr.

Sie verabredeten sich für den nächsten Tag im Stadtarchiv.

Tags drauf verhalf Tomek Harry zu einem ungehinderten Einblick in die Berge von Akten und Berichten. Privatpersonen erhielten so ohne Weiteres keinen Zugang, hier herrschte noch die allumfassende Bürokratie des längst vergangenen Sozialismus. Aber für die Polizei machte man schon mal eine Ausnahme.

Es war bereits der zweite Tag im Archiv, als Harry auf einen Bericht stieß: Familie Leon Höfel, Frau Ida und drei Kinder. Vikar in Danzig, ermordet im Wald von Piasnica. Priester, kaschubischer Abstammung. Keine Überlebenden oder Angehörigen. Auf einem anderen Blatt stand: Familie Nipkow,

Vater Edmund, Richter in Danzig, Mutter Irma und die fünf Kinder Max, Erwin, Heda, Britta und Leo. Ermordet im Wald von Piasnica, keine Überlebenden oder Angehörigen.

Je mehr er in den Berichten blätterte, umso mehr erfasste ihn das Grauen. Das waren Todeslisten – so viele, dass er sie nicht zählen konnte. Tausende hatte man dort umgebracht. Alles deutete auf eine immense Säuberungswelle hin, welche die Nazis mit unmenschlicher Grausamkeit durchgeführt hatten. Wenn sie irgendetwas herausfinden wollten, mussten sie systematischer vorgehen. Harry konzentrierte sich auf den September 1939, als die ersten Massaker begannen.

Nach stundenlangem Sichten hatte er 25 Namen von Familien notiert. Müde machte er Schluss für heute und ging erst mal was essen.

Auf dem Weg in sein Hotel rief er Miriam an, in der nicht unrealistischen Annahme, dass er dort auch Paul erreichen würde.

Nach kurzem Klingeln meldete sie sich: »Ja?«, nuschelte sie in ihr Handy, während Paul die Augen verdrehte.

»Harry hier! Du musst mir einen Gefallen tun. Hast du was zum Schreiben da?«

»Das ist Harry«, sagte sie leise und stand auf, um etwas zu Schreiben zu suchen. Sie sah Paul entschuldigend an und zwinkerte ihm entschuldigend zu.

»Bitte notier dir mal ein paar Namen. Dann frag bei allen Meldeämtern an, ob ein Treffer dabei ist. Spann Paul mit ein. Der hat ein besonderes Gespür dafür. Fangt in Berlin an, okay? Also, der erste Name ist ...«

Miriam schrieb eifrig mit, doch der kleine Zettel war schnell voll und sie musste auf die Rückseite einer Zeitschrift ausweichen, was aber auch nicht viel weiter half.

Paul reichte ihr einen Block. Der Gute hatte bemerkt, dass Harry Miriam quasi zum abendlichen Diktat gerufen hatte. Typisch Harry, statt dass er die Liste einfach über das Handy per E-Mail verschickte, musste Miriam jetzt mitschreiben, statt an ihm rumzuknabbern. Na ja, dafür hatten sie das Büro zwei Tage für sich gehabt, auch nicht schlecht ...

9

Es war Montagmorgen. Sie hatten nach dem Diktat noch tolles Wochenende zusammen verbracht und Miriam war voller Tatendrang. Sie waren bisher nicht weitergekommen und Miriam hoffte nun, dass Harry in Danzig fündig geworden war.

Sie betrachtete das Blatt, das sie vollgeschrieben hatte, sowie die Zeitungsseite und den kleinen Zettel. 25 Namen – einige davon konnte sie nicht mal aussprechen.

»Ich nehme die ersten zehn und du den Rest, okay?«, grinste sie Paul spitzbübisch an.

»Damit sind wir ewig beschäftigt und wissen nicht mal, ob es was bringt«, grummelte er. »Was glaubt denn Harry, wer wir sind? Da können wir ja gleich im Callcenter arbeiten ... Ach, gib schon her.«

Er nahm den großen Zettel und ging zu seinem Schreibtisch. »Also gut, dann lass uns mal anfangen. Vielleicht haben wir ja Glück bei dem besch... sorry, bei dem Fall«, meinte er ergeben.

Die Fahrt zurück nach Berlin dauerte fast acht Stunden. Ein Stau nach dem anderen strapazierte Harrys Nerven. Harry hatte das Wochenende in Danzig verbracht und die Stadt erkundet, das war ein richtig schöner Kurzurlaub geworden. Er hatte auch gar nicht eingesehen, für die Dienstfahrt zurück sein Wochenende zu opfern, und war daher erst Montagmorgen nach dem Frühstück losgefahren. – mitten in den Berufsverkehr hinein.

Ins Büro zu gehen lohnte nicht mehr, Miriam und Paul hatten sicher längst Feierabend gemacht. Er fühlte sich etwas ausgepowert, stellte seine Nobelkarosse wieder bei seinem Freund unter und machte sich auf den Heimweg. Alt würde er heute nicht mehr werden.

Nach dem Duschen gönnte er sich noch einen Wodka, dann noch einen und schließlich hatte er die nötige Bettschwere. Dieser Fall nahm ihn so sehr in Anspruch, sodass er keinen Gedanken an Nicole verschwendete. Ob er sie überwunden hatte? Er hoffte es.

***

Voller Elan und ausgeschlafen stieß Harry die Bürotür auf: »Guten Morgen, ihr Lieben. Ausgeschlafen und voll bei der Arbeit? Ich freue mich, so fleißige Kollegen zu haben.« Er strahlte übers ganze Gesicht. Fröhlich steuerte er auf seinen Schreibtisch zu.

Miriam stand auf, baute sich mit in den Hüften gestemmten Armen vor ihm auf und hatte diesen Blick: »BINGO!«, rief sie und grinste herablassend. Richtig schnuckelig sah sie aus.

»Du hast einen Treffer gelandet?«, meinte Harry anerkennend. »In so kurzer Zeit? Das glaub' ich jetzt nicht!«

»Glauben kannst du in der Kirche.«, mischte sich Paul ein. »Miriam hatte einfach Glück. Na nun sags ihm schon!« Gespannt beobachtete Paul, wie Harry auf die Neuigkeit reagieren würde.

Harry konnte heute die albernen Hinhaltespielchen nicht ertragen: »Verdammt, Miriam, jetzt rück schon raus damit!«

Sie mimte die Allwissenden, brachte sich vor ihm in Position und fing an: »Also … alles gemacht, wie du's verlangt hast. Ich habe hier im Meldeamt die ersten zehn Namen eingegeben. Nur ein Name war gemeldet: Leo Nipkow, geboren 1927 in Danzig. Professor im Ruhestand und wohnhaft in der Edinburgerstraße. Das ist in der Nähe vom Schillerpark. Die anderen Namen haben nichts ergeben. Paul hatte bisher mit den anderen fünfzehn auch noch keinen Treffer. Das muss nicht unbedingt was heißen, aber wir haben einen!«, jubelte sie und blickte Harry mit leuchtenden Augen an.

»Du bist ein Schatz, Miri, genau das wollte ich hören.« Schon längst hatten seine Synapsen die entsprechenden Verbindungen hergestellt. Den Bericht über die Nipkows hatte er noch gut im Kopf. Eine Familie mit fünf Kindern. Leo, das jüngste der Geschwister, dürfte eigentlich nicht mehr leben – und jetzt tauchte er im Melderegister auf. Solche Zufälle gab es nicht.

»Volltreffer, Miri. Wir haben ihn! Leo Nipkow wurde 1939 zusammen mit seinen Eltern und Geschwistern im Wald von Piasnica erschossen und in einem Massengrab verscharrt und dennoch ist er jetzt hier in Berlin gemeldet.« Voller Enthusiasmus umarmte er sie und drückte ihr einen Schmatzer auf die Wange. »Oh, da ist wohl mein Temperament mit mir durchgegangen«, entschuldigte er sich.

Miriam war perplex. Wow, wieder was Neues von Harry! So hatte sie ihn noch nie erlebt. Der steckt voller Überraschungen.

Über sich selbst erschrocken rückte Harry von ihr ab und schaute entschuldigend zu Paul hinüber. »Ich bin eben ein temperamentvoller Mensch.«

»Ach komm, Harry, für was hältst du mich

denn? Ich bin doch kein Pennäler mehr. Kannst ihr ruhig noch ein paar Schmatzer geben. Ich glaube, das tut ihr ganz gut.«

Jetzt war Miriam etwas angesäuert. Demonstrativ stellte sie sich vor Harry hin, machte einen Schmollmund, schloss die Augen und wartete auf einen Kuss.

»Nein, nein, so war das nicht gemeint. Los jetzt, zurück an die Arbeit. Also: Leo Nipkow lebt, hier in Berlin. Er ist der letzte Überlebende eines Massakers von Piasnica und inzwischen einundneunzig.« *Wie konnte er das überhaupt überleben?*, fragte sich Harry im Stillen. »Was meinst du, Paul? Deine Intuition hat dich noch nie im Stich gelassen. Hör mal in deinen zwielichtigen Bauch hinein.«

Da war es wieder – das Kribbeln! Paul nickte. Auch wenn es nichts mit seinem Bauch zu tun hatte, eher mit emotionaler Intelligenz, spürte er: Sie hatten ihn. »Das ist er, Harry, ich bin mir absolut sicher. Auch über sein Motiv. Wir wissen zwar noch nicht alle Einzelheiten, aber wenn wir ihn in die Mangel nehmen, rückt er mit den restlichen Details schon noch aus.«

»Verdammt, Paul! Der Mann ist neunzig. Was er getan hat, war aus seiner Sicht gerecht. Unsere Justiz hatte nach dem Krieg offenbar kein großes Interesse, Deutsche als Massenmörder auf die Anklagebank zu bringen. So, wie man in der Verwaltung und Justiz Leerstellen mit Ex-Nazis besetzen musste«, eiferte sich Harry. »Trotzdem möchte ich, dass ihr die restlichen Namen checkt. Vielleicht irrst du dich, Paul, was ich allerdings nicht glaube.«

Er ging zu Miriam rüber. »Schreib mir mal die Adresse auf. Ich habe vor, dem Herrn einen Besuch abzustatten. Mal sehen, was dabei rauskommt.«

Miriam reichte ihm einen Zettel und zwinkerte Harry zu: »Sei bloß vorsichtig, man kann nie wissen, wie so ein Mensch tickt. Außerdem ist der bestimmt bewaffnet. Auch wenn er so alt ist, hat er die Tatwaffe bestimmt nicht weggeworfen, oder was meist du dazu, Paul?«

»Das glaube ich auch. Also sei bitte vorsichtig. Wenn's nach mir ginge, würde ich ein SEK hinschicken. Die würden dich natürlich hinter vorgehaltener Hand auslachen, aber Vorsicht ist allemal besser als Nachsicht oder gar tot zu sein«, meinte er.

»Bei so viel Schwarzseherei bekomme ich doch gleich Angst und mach mir in die Hose«, frotzelte Harry. »Ich werde doch wohl noch mit so einem alten Herrn fertig werden, oder? Trotzdem danke für eure Fürsorge. Ich pass schon auf mich auf.«

10

Eine halbe Stunde später bog Harry in die Edinburgerstraße ein. Er hatte auf Anhieb Glück
mit einem Parkplatz.

Schrecklich, diese endlos langen Wohnblöcke,
aber die Menschen in Berlin brauchten Wohnraum.

Nach kurzer Suche stand er vor dem richtigen
Eingang, fuhr mit dem Finger über die vielen Na-
menschilder und wurde fündig: Nipkow! Auf hal-
ber Höhe, also im zweiten Stock. Er wollte direkt
an der Wohnungstür klingeln, um den Überra-
schungsmoment auf seiner Seite zu haben.

Er betrat das Haus – die Tür war glücklicher-
weise offen – und stieg die zwei Stockwerke
hoch. Dann stand er vor der Tür und drückte auf
den Klingelknopf. Vorsichtshalber öffnete er den
Verschluss seines Pistolenhalfters. Man weiß ja
nie …

Von innen vernahm er schlurfende Geräusche.
Ein Schlüssel drehte sich im Schloss und die Tür
wurde schließlich einen Spalt weit geöffnet, die
Türkette war vorgelegt.

»Ja bitte?«, fragte durch den Türspalt ein altes aber gepflegtes und sympathisches Gesicht. Das noch volle weiße Haar war sauber gescheitelt, hellblaue wache Augen schauten Harry fragend an.

»Guten Tag. Mein Name ist Harry Nitzer. Ich bin von der Polizei. Mordkommission. Sind Sie Leo Nipkow?«

»Ja, der bin ich. Was wünschen Sie denn?« Im Gesicht des alten Mannes zeigte sich keinerlei Regung.

»Ich müsste mit Ihnen reden, Herr Nipkow. Würden Sie mich bitte hereinlassen? Oder ist es Ihnen lieber, mit mir im Polizeipräsidium zu sprechen?«, fragte Harry.

»Nein, nein, bitte kommen Sie doch rein.«

Die Tür ging zu und die Kette wurde geräuschvoll entfernt. Dann ging die Tür wieder auf.

»Ich dachte mir, dass dieser Tag kommen würde.« Er wartete nicht einmal bis Harry eintrat, sondern drehte sich um und schlurfte mit langsamen Schritten ins Wohnzimmer, wo er sich schwerfällig in einen Sessel setzte. Aufrechtsitzend, die Hände auf die Lehnen gelegt, machte er einen gefassten Eindruck. Keine Überraschung oder sonstige Regung war zu sehen. Seine Augen blieben jedoch hellwach.

»Bitte nehmen Sie doch Platz, Herr ... Wie war noch gleich Ihr Name?«

»Nitzer, Harry Nitzer.« Er setzte sich in den Sessel gegenüber, lehnte sich gemütlich zurück und schlug die Beine übereinander. Trotzdem blieb Harry äußerst wachsam. »Herr Nipkow, ich glaube, dass Sie einiges zu erzählen haben und es wird bestimmt eine lange Unterhaltung werden, oder wie sehen Sie das?«

»Wie schon gesagt, habe ich Sie erwartet.« Kurz räusperte er sich, fuhr sich mit der Hand über die Augen und sprach schließlich weiter: »Wissen Sie, die letzten zehn Jahre habe ich mir wieder und wieder die Frage gestellt, ob ich das Recht hatte, die Mörder meiner Familie zu töten. Ja, anfangs wollte ich Rache. Doch als ich den Mann in Argentinien getötet hatte, kamen mir die ersten Zweifel.

»Wen haben Sie getötet?«, unterbrach Harry den Redefluss. Von diesem Mord war ihm nichts bekannt. Kam da vielleicht noch mehr? Das konnte ja spannend werden.

»Das war dieser Leiter vom Volksdeutschen Selbstschutz. 1939 in Danzig war das. Er und dieser Eimann haben all die schrecklichen Massaker begangen. Ich spürte ihn in Argentinien auf. Danach verflogen meine Rachegefühle. Aber einige andere dieser Mörder waren noch am Leben und die Gesellschaft tat nichts, um sie zur Rechenschaft zu ziehen. Massenmörder durften unbehelligt mitten unter uns leben, als wäre nie etwas passiert. Ich musste ein Zeichen setzen.«

Für einen Moment schwieg Leo, schien in sich zu gehen und sackte etwas zusammen, als würde er den seelischen Schmerz erneut durchleben.

Dann richtete er sich ruckartig auf und erzählte weiter: »Als ich diesen Diemann endlich gefunden hatte, hinterließ ich eine deutliche Spur. Ich dachte, dass die Medien vielleicht die Ereignisse anhand seiner Nazi-Vergangenheit aufgreifen würden. Aber nichts geschah. Hätten sie intensiv recherchiert, wären sie auf die Massaker in Piasnica aufmerksam geworden. Aber nichts, rein gar nichts passierte.«

Wieder machte er eine Pause. Seine Augen blickten ins Leere, seine Gedanken schweiften zurück und ließen die Vergangenheit neu erstehen.

Dann begann er zu erzählen. Es wurde ein langer Monolog und Harry hörte geduldig zu, bis Leo fertig war.

»Ja, so ist es gewesen«, seufzte Leo, der nun endlich die ganze Geschichte losgeworden war. Endlich.

Harry war von dem Gehörten zutiefst betroffen. Mehrmals musste er schlucken und seine Augen wurden immer wieder feucht. Er konnte in diesem Mann keinen Mörder sehen, vielmehr einen Menschen, der bereits als Kind Unmenschliches erleiden musste. Vom Leben gezeichnet hatte er dennoch Schuld auf sich geladen. Harry fand Leo auf Anhieb sympathisch.

Spontan fragte er: »Ist es vermessen von mir, wenn ich Sie Leo nenne?«, fragte er geradeheraus. »Ich tue mich dann leichter bei unserer Unterhaltung.«

»Warum nicht …«

Es entstand eine kurze Pause.

»Wir haben festgestellt, dass du drei Morde in Deutschland begangen hast. Von dem in Argentinien ist uns nichts bekannt. Sind da noch mehr? Wie hast du sie gefunden?«

»Nein, es waren nur vier. Die Schweine zu finden war allerdings ziemlich schwierig. Ich habe mich an das Wiesenthal Institut in Wien gewandt. Ihre Arbeit stützt sich auf drei Grundpfeiler: die Forschung, die Dokumentation und die Vermittlung. Wenn man etwas über Kriegsverbrechen und die beteiligten Personen in Erfahrung bringen will, ist man dort genau richtig. Als ich dort recherchierte, konnte ich tagelang nicht mehr schlafen und gegessen habe ich fast nichts, so schlimm sind die dort dokumentierten Verbrechen. Viele Nazi-Verbrecher sind namentlich bekannt, von einigen sogar die Wohnorte. Aber die Justiz in Deutschland interessiert das nicht. Es ist gerade so, als wollte niemand mehr mit dem Dritten Reich etwas zu tun haben. Totschweigen, ignorieren, vertuschen … So lief das nach dem Krieg. Es waren einfach zu viele, die Dreck am Stecken hatten und in Amt und Würden zurückgekehrt waren. Trotzdem musste ich lange recherchieren, bis ich die Mörder meiner Familie ausfindig machen konnte. Jahre vergingen darüber.«

Harry sah, wie Leo in sich zusammenfiel. Die Anstrengung des Redens und die Erinnerungen trugen das ihre dazu bei. Er musste alles langsamer angehen lassen, eine Pause war notwendig.

»Hast du vielleicht einen Schluck Wasser für mich?«, fragte er Leo und hoffte, ihn damit aus seinen Erinnerungen zurückzuholen.

»Was bin ich nur für ein Gastgeber«, sagte Leo langsam und wollte sich aus dem Sessel erheben.

»Bleib ruhig sitzen. Ich kann es selbst holen.«

»Das wäre nett. Im Kühlschrank steht Mineralwasser und die Gläser sind über der Spüle im Hängeschrank.«

Harry ließ sich Zeit. Zurück im Wohnzimmer stellte er zwei Gläser und die Flasche auf den Tisch. »Du auch?«, fragte er.

»Ja, bitte, das Reden macht den Mund trocken. Aber viel habe ich nicht mehr zu sagen. Ich werde jetzt sicher verhaftet, oder?«

»Ein paar Fragen habe ich noch, Leo.« Harry füllte die Gläser. »Wie genau hast du die letzten Nazis gefunden? Das Wiesenthal Institut hätte sicherlich ähnlich wie du gehandelt und versucht, sie zu finden, um sie anzuklagen. Und warum die Jahre dazwischen? 1970, 1973 und dann erst wieder 1980?«

Leo trank einen Schluck, setzte mit leicht zittriger Hand das Glas ab und schloss für einen Moment die Augen. »Mhhh, es war einfach zu schwer, ihren weiteren Lebensweg nachzuverfolgen. Die sind ständig umgezogen. Vielleicht war es dem Institut das nicht wichtig genug, weitere Nachforschungen anzustellen. Sie haben sich auf die schlimmeren Kriegsverbrecher konzentriert. Letztlich waren die Schützen, die Mörder meiner Familie nur kleine Fische, die in Polen, Russland und den besetzten Gebieten ihr Unwesen trieben. Außerdem fanden die vielen Nürnberger Prozesse statt. Die ganze Welt schaute zu, wie den Nazi-Größen aus Politik, Armee und Wirtschaft der Prozess gemacht wurden. Die Verbrechen, die im Ausland stattfanden und keine Angehörigen der Alliierten betrafen, wurden von den verschiedenen Nationen verfolgt und abgeurteilt«, schweifte er ab.

»Leo, warum die Jahre dazwischen?«, fragte Harry nach.

»Die vielen Jahre dazwischen ... Hm? Ich habe jeweils lange gewartet, ob die Medien den Fall aufgreifen. Und wenn ich mit meiner Suche fortfuhr, hat es einfach lange gedauert, bis ich den Nächsten hatte. Dann brauchten die Vorbereitungen auch ihre Zeit. Mir fiel es nicht leicht, einen Menschen zu töten, wirklich nicht. Auch nicht so einen. Jede Tat stürzte mich in ein seelisches Chaos, das ich wieder überwinden musste. Ich habe es gar nicht tun wollen, habe gezögert ... das hat sich manchmal lange hingezogen. Manchmal war ich auch drauf und dran Hand an mich zu legen.«

»Und was hat dich daran gehindert?«, fragte Harry. Was hatte dieser Mann in seinem Leben alles erleiden müssen. Nicht mal die Bestrafung der Mörder bereitete ihm Vergnügen. Er hatte zwar mit Vorsatz und Berechnung getötet, aber ein eiskalter Mörder war er nicht.

Leo war einfach eingenickt und schreckte auf, als Harry sein Glas geräuschvoll auf die Glasplatte des Tisches stellte. »Was ... Was wollte ich ...«

»Du wolltest mir gerade sagen, was dich daran gehindert hat, deinem Leben ein Ende zu setzen.«

»Ach ja ... Nun, das war, als ich endlich den Mörder meines Vaters ausfindig gemacht hatte. 1980. Kurt Eimann. Er war der Letzte. Ich habe sehr lange gebraucht, diesen Schritt zu gehen. Der war tatsächlich verurteilt worden, für seine Verbrechen. Vier Jahre hat er gekriegt.« Leo schnaubte verbittert. »Als er nach zwei Jahren wieder rauskam, da wusste ich, dass ich ein letztes Mal töten musste. Anschließend wollte ich selbst aus dem Leben scheiden, aber mir fehlte der Mut dazu. Und so sind die letzten zehn Jahre vergangen ... einfach so. Das Leben verging ...« Wieder sackte er tief in den Sessel und schloss die Augen. Die Hände hatte er auf die Lehnen gelegt. »Mehr habe ich nicht zu sagen. Das war alles.«

»Eines würde ich zum Schluss noch gerne wissen, Leo: Hast du die Luger noch? Und woher hattest du dafür einen Schalldämpfer?«

Leo öffnete gequält die Augen und schaute Harry mit müdem Blick an. »Ja, die habe ich noch. Sie liegt in der Schreibtischschublade. Die ist ja nun eine Tatwaffe, nehmen Sie sie ruhig mit, Herr Kommissar. Und der Schalldämpfer ...« Er lachte leise auf. »Den hat mir einer meiner Studenten gebastelt. 1970 war das. Hat mich zweihundert Mark gekostet. Leise, sehr leise war der Knall. Mehr als ein Ploppen hörte man nicht. In Berlin ging das. Wenn man Beziehungen hatte, konnte man sich alles besorgen.«

Jetzt war es Harry, der sich einem Gewissenskonflikt ausgesetzt sah. Hier kollidierte sein polizeilicher Auftrag mit dem Verständnis für einen Menschen, der Schlimmstes durchgemacht hatte und dadurch zum Mörder wurde. Ihm fiel es ungemein schwer, Leo deswegen zu verurteilen. Aber er war Polizist und konnte ihn nicht laufen lassen, so sehr er sich das auch wünschte. Leo musste mit aufs Präsidium. Dort würde man den Vorgang aufnehmen. Was anschließend passierte, lag im Ermessen des Staatsanwaltes. So wie er die Sache sah, bestand keine Fluchtgefahr und bis zur Eröffnung eines Ermittlungsverfahrens würde Leo zu Hause bleiben können.

»Leo ... ich hole mir jetzt die Pistole aus dem Schreibtisch. Ich möchte dich bitten, dir etwas über zu ziehen, denn du begleitest mich ins Präsidium. Das wird nicht lange dauern. Ein Protokoll wird angefertigt und dann fährt dich ein Kollege wieder nach Hause. Ist das in Ordnung?«.

Aus seinen Gedanken hochgeschreckt, nickte Leo. »Gut, ich komme mit, aber es geht nicht mehr so schnell. Du bist doch sicher mit einem Auto hier, oder? Das U-Bahnfahren ist für mich ziemlich beschwerlich. Ich bin nicht mehr so gut auf den Beinen.« Er erhob sich mühsam aus dem Sessel und schlurfte zur Garderobe ...

Die Fahrt ins Präsidium dauerte etwas. Harry dachte über seinen *Gefangenen* nach, der zusammengesunken in den Polstern des Rücksitzes saß. Die Augen geschlossen und mit im Schoß gefalteten Händen, sah er aus, als schliefe er. Seit der Abfahrt hatten sie kein Wort mehr miteinander gesprochen. Jeder war für sich in Gedanken versunken. Harry tat es unendlich leid, diesen alten Mann verhaften zu müssen. Auch wenn er wusste, dass Leo nie ein Gefängnis von innen sehen würde, blieb ihm die Tortur einer Gerichtsverhandlung nicht erspart. *Verdammt ... Es gibt einfach keine Gerechtigkeit im Leben.*

Harry bog in die Einfahrt zum Präsidium ein und hielt auf dem Parkplatz an. Dann blickte er sich um und sagte zu Leo: »Endstation, bitte aussteigen. Wir sind da.«

Harry stellte den Motor ab. Als er keine Reaktion bemerkte, schaute er sich abermals um. *Ist Leo doch tatsächlich eingeschlafen,* dachte er und stieg aus.

Er öffnete die hintere Tür, um Leo zu wecken. Der aber saß noch immer mit geschlossenen Augen da. Sein Gesichtsausdruck zeugte von tiefem, inneren Frieden und ein Lächeln umspielte seinen Mund. – Leo Nipkow hatte endgültig seinen Frieden gefunden ...

Zeitfracht Medien GmbH
Ferdinand-Jühlke-Straße 7
99095 Erfurt, Deutschland
produktsicherheit@kolibri360.de